Alexa E. Bach: Der Schneckenkönig

Alexa E. Bach ist gebürtige Vorderpfälzerin. Sie lebt in der Nähe von Mannheim in einer kleinen Altbauwohnung. In ihrer Erstveröffentlichung erzählt sie die Abenteuer des Schneckenkönigs. Auf der Suche nach seinen Untertanen begegnet er so wunderlichen Wesen wie den Buntlingen, aber auch fleischfressenden Pflanzen und Riesenameisen.

Erstmals taucht der Schneckenkönig im Roman *Ins All - Im Eins* von Rainar Nitzsche als einer der Sieben auf, die auf ihrer Seelenreise durch das Universum in Erleuchtung miteinander verschmelzen.

Alexa E. Bach

DER SCHNECKENKÖNIG

Bibliografische Information der Deutschen Nationalbibliothek: Die deutsche Nationalbibliothek verzeichnet diese Publikation in der Deutschen Nationalbibliografie, detaillierte bibliografische Daten sind im Internet über http://dnb.dnb.de abrufbar.

© 2016 Alexa E. Bach
Lektorat und Computersatz: Dr. Rainar Nitzsche
Herstellung und Verlag:
BoD – Books on Demand, Norderstedt
ISBN 9783842355873

»Nein! Ich will nicht sterben!«, weinte er bitterlich, und dabei kullerten ihm winzige Tränen aus seinen Äuglein. »Gerade jetzt, als mir das Glück schon so nahe schien!« Verzweifelt versuchte er sich aus seinem beengten Gefängnis zu befreien. Doch je mehr er sich bewegte, desto tiefer schnitten ihn die dünnen Fäden in sein nacktes Fleisch. Schmerzerfüllt schrie er auf! Bevor er endgültig die Besinnung verlor, sah er in rascher Reihenfolge verschiedene Ereignisse vor seinem inneren Auge auftauchen. Er wurde von einer, wie es schien, zusammenhanglosen Bilderflut überrollt, die erst sacht, aber dann mit voller Gewalt über ihn hereinbrach.

»Es ist aus!«, sprach sie.

»Ja, schaffen wir es in unseren Bau! Die Königin wird sich freuen!«

»Ja!«, bestätigte die Erste. »Was für ein Riesenexemplar dieser unbekannten Art! Was mag das sein?«

»Eine schöne Abwechslung auf jeden Fall.«, erwiderte die Gefragte. »In der letzten Zeit ist sie ziemlich wählerisch geworden, erzählt von den alten Zeiten. Sie wird uns noch alle überleben. Wir hegen und pflegen sie ja auch gut. Wieviele Generationen vor uns mag sie schon erlebt haben? Sie erzählt desöfteren von der Alten Welt, in der es noch Menschen, Säugetiere und Vögel gegeben haben soll. Und wir schuften den ganzen Tag!«

Einige Monate zuvor

»Ich muss hier weg! Was soll ich hier noch! Ich habe es so satt! Hätte ich mich ihnen doch angeschlossen ... Jetzt sitze ich hier allein in dieser Sch... Nein, ich darf so nicht sprechen, ich bin immer noch der König, auch wenn meine Untertanen alle geflüchtet sind. Aber sie haben ja so Recht gehabt! Was wäre denn aus ihnen geworden, wenn sie noch hiergeblieben wären?

Das Land ist so trocken geworden, dass ich abgesehen von ein paar verwelkten braunen Blättern, ein wenig Aas vielleicht, wenn ich Glück haben sollte, kaum mehr Nahrung finde. Aber den Gedanken lasse ich gleich mal wieder fallen, wenn ich jetzt noch ein paar fleischige Überreste finden sollte, sind die doch bestimmt ganz vergammelt und total verwest, nichts Frisches mehr. Anscheinend bin ich wirklich das einzige Lebewesen hier, nicht einmal einer von den Sandkäfern scheint noch geblieben zu sein, die habe ich immer besonders geliebt, obwohl ich ja mehr auf Pflanzen stehe – und natürlich Aas. Vielleicht finde ich noch einen dieser kleinen Krabbler, wenn er nicht allzu arg mitgenommen aussieht, dann zermalme ich ihn genüsslich mit meiner scharfen Zunge. Nein, ich darf nicht wählerisch sein, ich muss nehmen, was ich entdecke. Sch..., ich meine Kot, wäre mir am allerliebsten, mmhm... einer meiner Köche kredenzte aus Regenwurmausscheidungen, die er mit saftigen Kräutern verfeinert hatte, die tollsten Gerichte. Wenn ich daran denke, läuft mir das Wasser im Munde zusammen. Nein, lange halte ich es hier nicht mehr aus! Auch wenn ich meine Behausung immer schön feuchthalte, indem ich sie kräftig einschleime, sehne ich mich nach Regenwasser ... Ich muss Abschied von meiner Geburtsstätte nehmen, die ich noch nie für längere Zeit verlassen habe. Ach, und meine Aurelie, ja, meine Süße ...! Ich kann dich nicht mit auf die Wanderschaft nehmen. Allzu beschwerlich wird sie vielleicht sein. Was für Abenteuer werden mich erwarten? Da ist es besser, du bleibst hier. Lass bitte nicht so dein Köpfchen hängen, ich will meine Heimat nicht in Traurigkeit verlassen. Nur an die schönen Ereignisse will ich mich erinnern. Und du warst für mich immer meine große Liebe. Ich hatte dich immer zum Fressen gern. So groß war sie gewesen, meine Liebe zu dir, dass ich darauf verzichtet habe, dich zu vernaschen. Obwohl ich schon manchmal sehr große Lust auf dich gehabt habe – meine Lustpflanze. Auch wenn ich dich gut gehegt und gepflegt habe, etwas verwelkt bist du schon. Ich muss dich verlassen, nein dieser Anblick macht mein kleines Schneckenherz ganz traurig. Lebwohl, meine Geliebte, meine süße Blume, hast mich einst mit deinem süßen Duft betört ...«

Und so verließ der Schneckenkönig sein kleines Reich.

»Kannst du nicht aufpassen? Beinahe hättest du mich mit deinem fetten Leib zertrampelt!«

»Was? Was für eine Ungehörigkeit! Ich muss doch sehr bitten! So hätte einer meiner Untertanen niemals mit mir gesprochen! Was bildest du dir ein! Du – du Aaskäfer! Wenn ich wollte, könnte ich dich jetzt verspeisen! Wieso sprichst du überhaupt meine Sprache? Noch nie ist mir einer von deiner Sorte begegnet, der meiner Sprache mächtig ist.

»Ich muss auch sehr bitten!«, sprach die Kreatur, die gegen den Schneckenkönig wie ein Zwerg wirkte. »Vielleicht sehe ich wie ein gewöhnlicher Aaskäfer aus, bin ich aber nicht. Ich ernähre mich vorwiegend von saftigen Blättern. Und nun zu deiner Frage, die ich dir gerne beantworten will: Du befindest dich hier bei den Buntlingen. Schau und hör dich ruhig einmal um! Hier sprechen alle dieselbe Sprache. Du bist hier unter Freunden, wir verstehen uns alle ganz prächtig! Ha!«

»Das ist aber schön, so richtige Freunde hatte ich noch nie! Ich bin nämlich der Schneckenkönig, ich war das Oberhaupt von vielen Untertanen!«

»Hier sind wir alle gleich! Wir haben hier den Güldenen Strauch, der schon seit ewigen Zeiten hier lebt. Man sagt, er sei sehr weise und klug. Weißt du, die Blätter sind nicht so ganz richtig ..., aber was quatsche ich so viel. Komm und erfahre selbst, wie gut es sich hier leben lässt. Wir haben keine Feinde.«

»Ich sehne mich so nach Gesellschaft und belebender Unterhaltung!«, sprach der Schneckenkönig.

»Da bist du hier ja genau richtig! Und jetzt führe ich dich zu unserem Ältesten! Alle die hier durchkommen, machen erst einmal seine Bekanntschaft!«

Der Gastropode staunte nicht schlecht, als er diese wundersame Pflanze zum ersten Mal zu Gesicht bekam, strahlten deren winzigen Augen wirklich in einem glänzenden Gold.

»Willkommen, du Neuling! Fühle dich hier sehr recht wohl! Du brauchst dich hier vor nichts zu fürchten, aber sei wachsam! Du kannst hier so viel dein Herz begehrt verspeisen. Finde selbst deine Lieblingsspeise heraus, aber einen guten Rat möchte ich dir noch auf deinen Weg mitgeben: Hüte dich vor allzu großer Vertraulichkeit mit den Blättern! Begegne ihnen mit freundlicher Distanz! So viel sei dir gesagt! Mache selbst deine Erfahrungen! Ich möchte mich jetzt ein wenig zurückziehen, ich bin schließlich nicht mehr der Jüngste!«, sprach der Güldene Strauch und schloss müde seine Äuglein. Nur eines schaute den Schneckenkönig ganz aufmerksam an, nachdem er noch eine letzte Bemerkung von sich gegeben hatte, die den Bauchfüßer überraschte und ihn schon zu dem Ansetzen einer Widerrede herabließen, da er eine solche doch keineswegs erwartet hatte:

»Ab jetzt heißt du Willy! Und basta! Bei uns gibt es keine Könige. Und außerdem hast du ja auch keine Krone!«

Und ob er wollte oder nicht, musste sich der Schneckenkönig dieser Weisung fügen. Schließlich wollte er hier einen entspannten Aufenthalt verleben. Wie lange er hier verweilen wollte, wusste er noch gar nicht. Er konnte sich vorstellen eine Zeit lang zu bleiben, wenn es ihm gut gefiel. Zuerst machte er sich zu einem Strauch auf, um einige seiner bunten Blätter zu kosten. Wuchsen in seinem Reich nur grüne, die ihm fast alle ausnahmslos wohl gemundet hatten, fand er diese zu seinem Erstaunen überhaupt nicht vor. Doch darüber war er nicht traurig, lockten ihn doch die wunderbaren roten, blauen und gelben Pflanzenteile in allen Farbschattierungen und -abstufungen. Die Nacktschnecke frohlockte, als sie merkte, dass diese nicht nur hübsch anzusehen, sondern auch noch ausgesprochen köstlich schmeckten. Hielt er sich am Anfang noch zurück, so schnappte sich seine scharfe Zunge immer größere Happen, die sie begehrlich zerkaute. Er gab sich völlig der Wollust hin, fraß mal an einem roten, dann wieder an einem blauen Blatt, als er auf einmal eine barsche Stimme vernahm: »Hey, willst du mich verarschen?«

»Spricht da jemand mit mir?«, erschrak er und wurde jäh aus seiner genüsslichen Hingabe gerissen. »Verarsch mich ja nicht!« Schon wieder war diese unfreundliche Stimme ertönt.

Ein Blatt …?, überlegte er. War das eben ein Blatt, das da gesprochen hat? Womöglich mit mir? Was … Ich habe gedacht, diese stünden mir unbegrenzt zur Verfügung … Vielleicht habe ich mir diese Worte von eben nur eingebildet. Ich bin der Schneckenkönig, so redet niemand mit mir.

»Ich bin der Schneckenkönig! Ach so, nein, hier bin ich nur der Willy! Entschuldige! Aber trotzdem, wer oder was redet da?«

»Vernasch mich!«, kam kurz darauf die Antwort.

Hatte er jetzt richtig gehört? Wenn ja, kam er nur allzu gern dieser Aufforderung nach. Dann musste er an die Weisungen des Güldenen Strauches denken, der ihn ermahnt hatte, nicht allzu nahen Kontakt zu den Blättern aufzubauen.

Ach, was! Vielleicht habe ich mal wieder nur geträumt. Dieser Saft ist aber auch zu göttlich! Ich werde gleich meinen Fuß ein wenig nach oben bewegen, nachdem ich ihn rasch noch gut eingeschleimt habe. Oh, Aurelie! Wenn du mich so sehen könntest … Meine Süße! Schade, dass du nicht bei mir bist. Aber ich hätte dich unmöglich mitnehmen können. Das verstehst du doch. Ich hoffe, dir geht es gut. Och, mmhm … hier oben duftet es besonders süß. Ihr Blätter wartet, gleich bin ich bei euch! Geh mir aus dem Weg, du komisches Ding da, was immer du bist! Ja, flatter schon weg! Ich bin der Willy – und ich will genau hier hin – auf dieses knallrote Blatt! Ja, das ist schön groß, darauf habe ich genug Platz. Was bist du aber auch für ein niedliches Ding … Aurelie, verzeih. Aber ist es nicht wirklich wunderschön?

Nein, er hatte es nicht über das Herz gebracht, diesem Wunder der Natur etwas zuleide zu tun. Und so war er noch höher hinaufgekrochen, so dass er schon befürchtete, die Stängel würden unter seiner Last anfangen zu stöhnen. Als jedoch diesbezüglich noch keine Reaktion erfolgt war, kroch er immer beherzter nach oben. Ein wahrhaft riesiges Exemplar von einem Strauch hatte er sich da ausgesucht, dessen Stängel prall und dick waren. »Ich komme ...!«, rief er voller Vorfreude auf neue sinnliche Gaumengelüste, als er plötzlich von einem daherkommenden Etwas schlagartig wieder auf den Boden der Normalität zurückgebracht wurde. Ein seltsames Gewächs war im Begriff, sich gerade um seinen Fuß zu schlingen. Und obwohl dieser von recht muskulöser Beschaffenheit war, hatte er Mühe, sich von dieser Last zu befreien, welche sich immer mehr und mehr um ihn wickelte, so dass er zu straucheln drohte.

Stille herrschte im Blätterwald, die von einem gleichmäßigen, scheinbar immerwährenden Wispern und Flüstern überlagert wurde. Hatte man sich erst einmal an diese eigentlich nicht störenden Geräusche gewöhnt, konnte und wollte man sie sich gar nicht mehr wegdenken, gab es hier doch keine Vögel, welche mit ihrem Gesang und Lauten für Leben in diesem Gebiet sorgten.

Einige fast lautlose Libellen hielten sich eine Zeitlang schwebend über unserem Unglücksraben, der die leichten Luftschwingungen, verursacht durch ihre schnellen Flügelschläge, ganz deutlich wahrnehmen konnte. Schon waren diese wieder aus seinem Blickfeld entschwunden.

Was hatte da den Willy attackiert? War er so gierig gewesen, dass er darüber hinaus vergessen hatte, auf seine Umgebung zu achten, wusste er doch, dass jeder-

zeit neue unbekannte Hindernisse in der Fremde auftauchen können. Hatte der Güldene Strauch ihn nicht
zur Vorsicht gemahnt? Was war mit diesem komischen
Käfer gewesen, seiner ersten Bekanntschaft bei den
Buntlingen? Gab es laut seiner Aussage hier wirklich
keine Feinde, und waren ihm wirklich alle angeblich
freundlich gesinnt?

Fragen über Fragen, auf die er noch keine genaue
Antwort kannte. Doch eines wusste er genau: Er war
eine Schnecke, genauer gesagt: Eine Rote Wegschnecke! Und er hatte eine scharfe Zunge, mit der er nicht
nur oftmals spitzfindige Bemerkungen machte, sondern
diese natürlich überwiegend zum Zerkleinern von Grün-
zeug, Knacken von Käfern und anderem Krabbeltieren
benutzte. Und dies tat er nun auch, bevor er von den
Schlingen dieser Pflanze erdrückt werden würde. Das
Atmen war ihm beschwerlicher geworden, und er musste nach Luft schnappen, um seine Lungen wieder mit
frischem Sauerstoff zu füllen.

»Aurelie!«, durchdrang eine flehentliche Stimme den
ruhigen, in der Dämmerung stehenden Wald. Dann fiel
er in einen tiefen Schlaf.

Aus einem langen schweren Alptraum erwacht,
wusste er erst gar nicht, wo er sich befand. Er spürte
etwas Weiches, in das er warm eingekuschelt lag: Ein
riesiges rotes Blatt in der Form eines Elefantenohrs.
Trostsuchend kroch er noch weiter hinein, fühlte eine
Feuchtigkeit und stöhnte behaglich auf.

Wie immer zeugte eine dicke rote Schleimspur von
seiner erst kürzlichen Anwesenheit. Sie führte über
feuchte schwere schwarze Erde, auf die es täglich mehr-
mals regnete, und die vielerlei Leben in sich barg. Unser

Held zeigte im Moment nur Interesse für die faszinierenden Blätter, die hier in allen erdenklichen Formen und Farben wuchsen. Eines hatte ihn erst vor kurzem ganz wahnsinnig angemacht, so dass er sich regelrecht in dieses verknallt hatte. Es hatte ein so wunderbares Rot, wie es seine Aurelie einst gehabt hatte, seine Blume ... seine Geliebte aus alten Tagen - sein neuer Freund, dem er den Namen »Elefantor« gegeben hatte.

Die Buntlinge waren ein munteres Völkchen, das nie zu schlafen schien. Selbst nachts tuschelten sie und erzählten sich den neuesten Tratsch. Aber Genaues hatte der Schneckenkönig noch nicht mitbekommen, nuschelten sie doch meistens in einem unverständlichem Kauderwelsch, aus dem er nicht so recht schlau zu werden schien. Er nahm an, dass es in diesem Gerede nur um Banalitäten ging, wie das Wetter oder um gefräßige Besucher. Und obwohl dieses Land ziemlich groß war, wurden Neuigkeiten recht schnell verbreitet. Das funktionierte auf eine ganz einfache Art und Weise: Eine Nachricht wurde von Blatt zu Blatt einfach immer weitergegeben, bis alle Bescheid wussten. Meistens war dann in der Zwischenzeit schon wieder etwas Neues im Umlauf. So vertrieben sich diese gesprächigen und neugierigen Pflanzenteile ihre Zeit, schließlich hatten sie auch nichts Besseres zu tun.

Dem Willy gefiel es hier außerordenlich gut. Hier wollte er gerne eine längere Zeit bleiben, bevor er weiterziehen würde. Er hoffte, irgendwann wieder zu seinen Untertanen stoßen zu können. Auch hatte er das Ziel, sich fortzupflanzen, aber dafür brauchte er erst einen passenden Partner. Als Schnecke war er zwar ein Zwitter, doch konnte er sich nicht selbst befruchten und musste sich für eine erfolgreiche Zeugung von Nachkommen mit einem seiner Art paaren. Seine Liebespfeile sollten nicht irgendeinen dahergekommenen Schleimer treffen, sondern ein ihm ebenbürtiges Wesen. Hier hatte er noch keine einzige Schnecke gesichtet, mit der er sich hätte austauschen können. Und auch sonst hatte er bisher wenig Gelegenheit gehabt, richtige Bekanntschaften zu machen, ganz zu schweigen von irgendwelchen Freundschaften oder tiefergehenden Kontakten. Er überlegte, ob er das überhaupt wollte, hatte er doch seinen roten Elefantor, den er schon sehr bald und ziemlich arg in sein Herz geschlossen hatte. Es war nicht nur irgendein Rot, sondern ein unübersehbares Signalrot, das seinen Geliebten auszeichnete.

Aurelie, meine Liebste, verzeih mir! Ich konnte leider nicht anders. Ich liebe dich trotzdem noch immer. Du bist meine große Liebe, aber ich bin doch nur ein armes Geschöpf, das sich nach Geborgenheit und Nähe sehnt. Verstehe das bitte! Ich habe hier keine Freunde, auch in meinem Königreich hatte ich nie welche, sie hatten immer nur alle Respekt vor mir gehabt. Wie gerne hätte ich mal einen echten Freund gehabt, doch ich war der König. Hier bin ich nur der Willy. Ich weiß nicht, was ich von diesen Buntlingen halten soll. Zwar bieten sie mir Nahrung in Hülle und Fülle, aber ein wenig misstrauisch bin ich schon. Ich weiß nicht, ob hier wirklich Frieden herrscht. Hier gibt es keinen König. Und wenn ich an das Abenteuer mit dieser Schlingpflanze denke, dann erscheint es mir fast wie ein Wunder, dass ich dieser so heil entkommen bin. Hätte ich nicht so eine scharfe Zunge …

»Bist du der Neue?«

»Was? Äh ja, ich bin der Schneck..., äh ich meine, ich heiße hier Willy!«, entgegnete unser Held.

»Und wer bist du?«

»Das tut nichts zur Sache! Ich muss auch gleich wieder weg. Habe Wichtiges zu erledigen!«, antwortete diese seltsame Kreatur und erhob sich flugs in die Lüfte, um eilig davonzuschwirren.

Was mag das für ein seltsamer Käfer gewesen sein?, sinnierte der Bauchfüßer. Noch nie habe ich so eine eigenartige Kreatur gesehen!

Dieses Wesen einer Art zuzuordnen, war nicht leicht. Es hatte ein Außenskelett und glich mit seinen 3 Körperabschnitten, dem Kopf, dem Thorax, dem Hinterleib und seinen 4 Flügeln zwar äußerlich einem Insekt, zählte aber trotz dieser Merkmale zu den Pflanzen, deren Leibspeise vornehmlich kleine kriechende Krabbler oder fliegende Summer waren und dessen blaue Ohren einem Blütenkelch zum Verwechseln ähnlich sahen. Mit diesen fing der Kannenschlauchflügler seine Beute. Die Opfer verendeten fast immer auf sehr tragische Weise.

Oft schüttelte der Willy sein Köpfchen, begegneten ihm doch jeden Tag neue Wunder.

Vielleicht sollte ich den Güldenen Strauch aufsuchen, um ihm einige Fragen zu stellen. Zu gerne möchte ich wissen, ob dieses Unglück gleich am ersten Tag zufällig geschehen war oder eine Absicht dahinter gesteckt hat. So etwas habe ich während meiner ganzen Regentschaft nicht erlebt.

Dieser Aussage müssen wir hinzufügen, dass der Schneckenkönig doch ziemlich abgeschirmt von möglichen Gefahren in seinem kleinen Reich gewesen war. Auch hatte er einen Vorkoster gehabt, der die für ihn frisch zubereiteten Speisen immer als Erster probieren musste.

Ich muss hier wirklich vorsichtig, darf nicht so leichtgläubig sein. Bis jetzt haben mir die Blätter nichts angetan. Doch schicken sie vielleicht Boten aus, die mich mit ihren Schlingen umgarnen und erwürgen wollen.

Tatsächlich hatten es die bunten Blätter faustdick hinter den Ohren.

»Ich habe dir doch schon gesagt, dass du deine eigenen Erfahrungen machen musst. Mehr will ich hierzu nicht mehr sagen. Sei freundlich und nicht allzu begierig, dann wird es dir hier recht gut gehen.«, war die knappe Antwort des Güldenen Strauches auf die Frage nach Gefahren und Vorkommnisse in dieser bunten Welt. »Nun geh!«

Leicht resigniert kroch der Willy von dannen. Von dem Besuch hatte er sich mehr versprochen. Er war enttäuscht, waren seine Erwartungen doch nicht erfüllt worden. Und wieder kam er eines Tages aus dem Staunen nicht heraus. Obwohl er hier nun schon seit einiger Zeit verweilte, hatte er bis jetzt nicht gemerkt, dass jedes verlorengegangene Blatt sofort durch ein neues ersetzt wurde. Warum war ihm dieser Vorgang noch nicht aufgefallen, kroch er doch täglich oft stundenlang durch den Blätterwald? Diese Frage ist ganz einfach zu beantworten: Noch während des Zerkauens eines Blattes, hatte er sich immer gleich zur nächsten leckeren Köstlichkeit aufgemacht. Die Blätter hassten es aber, wenn sie nicht ganz verspeist, sondern nur angeknabbert wurden, wuchsen sie doch erst nach, wenn sie vollkommen und ganz vernascht worden waren. An diesem Tag hatte er sich mit nur einem begnügt, dieses aber zur Gänze verspeist. Nach diesem Riesen hatte er erst einmal eine kurze Verschnaufpause in der Nähe eines anderen Blattes eingelegt, als er kurz darauf dieses Wunder betrachten konnte. Er wusste nicht, ob es ein Zufall war oder die Regel bei einem kahlgefressenen Blattstiel. Also machte er sich eine Weile später noch einmal zu einem kleinen Schmaus auf. Er kroch auf einigen Stängeln so hin und her und fand dann ein herrlich purpurfarbenes Exemplar, das er verspeisen wollte. Weil er sehen wollte, ob sich schon etwas tat, unterbrach er seine leckere Mahlzeit und beobachtete dieses Pflanzenteil. Nichts tat sich.

Aufeinmal sprach ihn wieder eine Stimme wie am Anfang mit folgenden Worten an: »Vernasch mich!«

Hatte er wirklich richtig gehört? War das wirklich ein Blatt, das ihn da eben angesprochen hatte? Und wollte es tatsächlich von ihm vernascht werden? Dagegen hatte er natürlich überhaupt nichts einzuwenden.

»Verarsch mich nicht!«

Was war denn das schon wieder? Willy wurde es jetzt langsam etwas zu bunt.

»Du sollst mich nicht verarschen!«

»Jetzt reicht es mir aber!«, schrie Willy. »Ich habe gar nicht vor, dich zu verarschen. Wieso und weshalb, warum, was habe ich denn gemacht?«, wollte er verzweifelt wissen. »Sag mir, was los ist!«

Daraufhin hörte Willy nur ein leises Wispern und Flüstern, das er schon öfter vernommen hatte, das ihn aber bisher nicht weiter gestört hatte. Hier war ja alles zu Anfang neu und fremd für ihn, so dass er die Dinge, die sich ihm darboten, erst einmal als gegeben annahm. So viel Neues konnte er noch gar nicht richtig verarbeiten. So nach und nach erschlossen sich für ihn so manche rätselhafte Sachen. Nein, er würde nicht mehr den Güldenen Strauch aufsuchen, diese Blöße würde er sich nicht mehr geben. Er würde ihm doch wieder nur dasselbe sagen, um ihn kurz darauf auch schon wieder fortzuschicken. Doch was sollte er machen? Er zweifelte, ob er sich hier überhaupt so wohlfühlte. Seine anfängliche Faszination schlug plötzlich in Wut um. Wieder einmal suchte er Trost bei seinem signalroten Elefantor, der ihn warm und weich umschmeichelte.

Dicke fast schwarze Wolken kündigten ein schweres Unwetter mit Gewitter und Regen an. Bei diesem Wetter war Willy am liebsten unterwegs. Die anderen Wesen suchten eilig einen geschützten Unterschlupf. Nur die Pflanzen begrüßten auch diese erfrischende Nässe. Da war mal wieder Action angesagt, denn jedes Blatt versuchte sich irgendwie in den Vordergrund zu drängen, um möglichst viel und mehr als ihre Nachbarn von dieser köstlichen Flüssigkeit abzubekommen, denn diese Pflanzen tranken mit den Blättern, welche sie zu Kelchen formten, die das Wasser nach und nach in die Stängel tropfen ließen.

Vereinzelt gab es Pflanzen, die nicht aus eigener Kraft Wasser aufnehmen konnten. Diese hängten sich einfach mit ihren unterirdischen oder in der Luft rankenden Wurzeln an eine Wirtspflanze und saugten diese aus. Im Gegenzug befreiten sie die Buntlinge von lästigen Vielfraßen, die nur halbangeknabberte Blätter hinterließen, indem sie diese mit ihren langen Ranken und Schlingen dingfest und unschädlich machten.

Nein, Freunde hatte der Willy hier keine vorgefunden. Manchmal fragte er sich, ob er sich falsch verhielt.

Gab es hier irgendwelche Gepflogenheiten, die für ihn fremd waren? Was hatte der Güldene Strauch bei der Begrüßung zu ihm gesagt? Immer und immer wieder versuchte er sich an die einzelnen Worte zu erinnern: »Du kannst so viel verspeisen, wie dein Herz begehrt.«

Mein Herz – mein Herz – mein Herz begehrt. Aurelie! Aurelie! Wo bist du? Ich liebe dich!

Doch es war leider schon zu spät. Und jetzt konnte er sogar einzelne Worte ganz deutlich wahrnehmen. … »keine Freunde! … ganz alleine … unerhört … nackt … was für ein Skandal …undankbar und gierig …«

Mit einem Mal fiel es Willy wie Schuppen von seinen Äuglein. Er war hier unerwünscht. Sie redeten über ihn – hinter seinem Rücken – die Buntlinge oder besser gesagt die Blätter dieser Sträucher. Ja, sie waren es, die ihn hier nicht mehr duldeten, ihn noch nie so akzeptiert hatten, wie er war. Er war eigentlich unbeabsichtigt in ihr Reich eingedrungen, doch hatte er sich anscheinend nicht den Sitten und Gebräuchen entsprechend verhalten.

Er war wirklich zu gierig gewesen und hatte sich auf alles Neue ohne Hemmungen draufgestürzt. Er konnte sein draufgängerisches Verhalten nicht mehr rückgängig machen. Noch mehr harte und schlimme Worte prasselten regelrecht auf ihn hernieder, die ihn erschüttern ließen, so dass er dem allen den Rücken kehren wollte.

Nicht einmal mehr von Elefantor hatte er sich verabschieden wollen, so schwer traf in dieser Vorwurf.

Das nächste Mal werde ich höflicher zu allen sein und mich nicht mehr gleich auf alles Neue stürzen. Ich war noch nie von meinem Königreich fortgewesen. Es war doch alles so aufregend hier. Ich lasse mich nicht unterkriegen. Schließlich bin ich immer noch der Schneckenkönig!

Und so verließ unser Held das Reich der Buntlinge.

Müde kroch sein Fuß über die feuchte Erde.

Plötzlich bemerkte unser Held einzelne Wassertropfen auf seinem roten nackten Körper, die mit einem Mal immer mehr wurden, bis sie schließlich als wohltuender erfrischender Platzregen auf ihn niederprasselten. Schon waren die unerfreulichen Erlebnisse bei den Buntlingen für ihn in weite Ferne gerückt. Wohlig streckte er seinen prallen Fuß und stöhnte vor Seligkeit auf.

»Wer bist du?«, sprach ihn aufeinmal eine brummelige Stimme an, so dass der Schneckenkönig jäh aus seinen Gedanken gerissen wurde.

»Was? Ach so! Wer ich bin, willst du wissen? Ich bin der Schneckenkönig! Und wer bist du?«

»Hier stelle ich die Fragen!«, entgegnete das kleine grüne Männchen, das keine Augen und auch keinen Mund zu haben schien und auch sonst in keinerlei Weise einem lebendigen Wesen ähnelte. Unser Held erinnerte sich, dass er jetzt etwas höflicher sein wollte. Darum entschuldigte er sich erst einmal bei diesem kleinen grünen Wicht. Er sei auf der Durchreise, erzählte er ihm daraufhin, er wolle seine Untertanen finden, die vor der Trockenheit aus seinem Reich geflohen waren.

»Fang den Hut!«, sprach der Zwerg.

Der Schneckenkönig wusste mit dieser Aufforderung nichts anzufangen und erwiderte daher nichts. Daraufhin wiederholte der Kleine noch einmal das eben Gesagte. Er konnte auch nirgends einen Hut entdecken. Wenn er ehrlich sein sollte, hatte er in seinem ganzen Leben kaum welche gesehen, so dass er sich nicht erinnerte, wie diese überhaupt aussahen. Vielleicht hatte er sich auch verhört. Seine Fühler hatten ihn noch selten im Stich gelassen, aber allen anderen Sinnen traute er nicht mehr so wie früher. Da er nicht unfreundlich sein wollte, lächelte er das Männlein nur an und sagte gar nichts.

»Aber ich lasse mich nicht fangen, verstehst du das? Wie kommst du überhaupt zu uns hierein?«

»Was? Wo bin ich hier?

»Was? Wie? Ha! Ich bin getürmt! Meinst du, ich lasse mich so leicht fangen? Da haben die sich aber getäuscht! Mit mir nicht! Grün lässt sich nicht fangen. Ich fange die anderen, die gelben, blauen, roten und schwarzen. Grün gewinnt immer!«

»Ich verstehe gar nichts. Wo bin ich hier? Ich bin der Schneckenkönig!«

»Und wo ist deine Krone? Hä? Die hast du wohl unterwegs verloren, stimmt´s? Hier gibt es nur Verlierer und Sieger! Und ich bin immer Sieger!«

»Wie heißt denn euer Land?«

»Stell nicht so viele Fragen! Entweder du spielst mit uns, oder du kannst gleich wieder verschwinden!«

»Ich weiß nicht! Vielleicht ist es ganz lustig zu spielen, wenn ihr mir die Regeln erklärt!«

»Ach, was! Regeln ...! Hier gibt es keine Regeln! Wir spielen, wie wir wollen!«

»Aber jedes Spiel hat doch seine Regeln, an die man sich halten muss. Wie soll es denn sonst funktionieren? Da macht doch jeder, was er will. Nein, das ist doch unfair.«

»Fort! Fort! Sodom und Gomorrha! Es gibt keine Regeln mehr! Alles fort!«

»Ich verstehe gar nichts!«

»Aber das macht doch nichts, das macht doch nichts! Wir brauchen nur jemanden, der mit uns spielt.«

»Aber ihr spielt doch alle zusammen ... oder? Ich verstehe nicht ...«

»Alle fort! Fort! Geh mir aus den Augen! Fort! Lass uns alleine!«

Daraufhin hüpfte das seltsame Wesen ein paar Mal auf der Stelle, um sogleich aus seinen Blicken zu entschwinden. Voller Verwunderung schüttelte der Schneckenkönig seinen Kopf.

Wo bin ich hier gelandet?, fragte er sich. Das Letzte, an das ich mich erinnern kann, war der wunderbare Regen. Darüber hinaus habe ich alles vergessen, was sich auf meiner Wanderung von den Buntlingen hierher ereignet hat. Kann es sein, dass ich vielleicht nur träume? Ein Wesen, dass ohne Beine einfach auf und davonhüpft ... So etwas habe ich ja noch nie gesehen! Wie hat es zu mir gesprochen und mich überhaupt sehen können? Sollten meine Äuglein mich schon so langsam im Stich lassen, nein, das kann ich nicht glauben. Ha! Da rollt ein kleiner schwarzer Käfer – oder so etwas ähnliches – an mir vorüber. Nein, ich kann noch alles deutlich erkennen.

Tatsächlich war es aber eine Kugel – und was für eine glänzendschwarze – die eben ganz gemächlich ihres Weges rollte.

Ich muss mir etwas Nahrung suchen. Es scheint schon lange her zu sein, dass ich etwas Gescheites zu mir genommen habe. Ich merke, dass mein Magen knurrt. Doch ich will vorsichtig sein. Nicht noch einmal möchte ich solch schlechte Erfahrungen machen, wie ich sie bei den Buntlingen erlebt habe. In meinem Königreich war alles ganz anderes. Aber ich hatte ja auch meine Diener. Vielleicht muss ich einfach mehr von dem wirklichen Leben erfahren. Ja, ich muss raus in die weite Welt!, dachte unser Bauchfüßer und ließ seinen schleimigen Fuß in galanten Wellenbewegungen über die fruchtbare Erde gleiten.

»Autsch! Was war das?«, schrie unser Held auf. Obwohl er noch nie so wehleidig gewesen war, erschrak er doch ganz schön über den Aufprall, den er so eben verspürt hatte.

»Marsch, Marsch im Gleichschritt! Du auch noch! Jetzt! Alle 3 in einer Reihe! Bewegung! Marsch! Marsch! Nein, nach vorne! Wir haben sie! Raus! 6 zu 5! War knapp! Gewonnen!«, ertönte ein barscher Befehlston, welcher den Schneckenkönig erneut zusammenzucken und ihn an eine Kompagnie aufmarschierender Soldaten denken ließ. Noch hatte er sich nicht von diesem Schrecken erholt, da prasselten auch schon irgendwelche Kugeln, in der Größe eines Tennisballes und von immensem Gewicht, auf ihn nieder, und einige von ihnen trafen ihn sogar an seiner empfindlichsten Stelle – den sensiblen Fühlern. Dieses Mal traten ihm vor Schmerz Tränen in die Äuglein, und er schrie laut auf: »Aurelie!« Kurz darauf schwanden ihm die Sinne.

»Vielleicht lebt er ja schon gar nicht mehr!«

»Ich glaube nicht, dass er tot ist! Er wird uns folgen und bald wieder bei uns auftauchen!«

»Wie will er uns finden?«

»Unser König wird uns finden!«

Goldgelb strahlte der volle Mond am sternenklaren blauschwarzen Nachthimmel. Und die einzigen Geräusche in der Dunkelheit war ein leichtes Säuseln und Wispern in diesem Land, das unzähliges Leben barg.

Nach der großen Katastrophe waren die geflohen, die dazu noch fähig gewesen waren. Alle anderen hatten bald einen raschen Tod gefunden. Doch es gab Tierarten und resistente Pflanzen, die überlebt hatten: Die Gliedertiere – und davon wiederum eine Gruppe, die in reicher Anzahl vorhanden war: Die Insekten! Und die Insektivoren, fleischfressende Pflanzen, die ihre Energie fast ausschließlich von diesen fliegenden, summenden, brummenden und krabbelnden Geschöpfen bezog.

»Aurelie! Nein! Was macht ihr mit meiner Geliebten? Aurelie … Du brauchst keine Angst zu haben! Ich werde dich retten! Du darfst nicht sterben! Lasst sie los …«

Langsam erwachte er aus einem tiefen Schlaf. Er wusste nicht, wie lange er hier schon lag und konnte sich erst gar nicht erinnern, was geschehen war. Nur ganz zögernd entstand ein vages Bild in seinem Hirn: Die barsche Stimme, der auf ihn niederprasselnde Kugelhagel … Noch immer fühlte er einen dumpfen pochenden Schmerz.

Er hatte Glück gehabt, denn wäre er nicht von so robuster Gestalt gewesen … , aber es war ja noch einmal alles gut ausgegangen. Außer ein paar blauen Flecken, die nach einiger Zeit wieder verschwunden sein würden, waren keine äußerlichen Wunden oder Schrammen ersichtlich. Unser Held war froh, anscheinend auch keine inneren Verletzungen mit diesem Unglück davongetragen zu haben. Aber was hatte ihn da mit so voller Wucht attackiert? War es vielleicht gar kein Unfall gewesen, sondern ein beabsichtigter Angriff? War er schon wieder nur ein Eindringling, der mit einem Fehlverhalten negativ aufgefallen? Der Schneckenkönig dachte, dass in seinem Reich alles viel einfacher gewesen war. Natürlich, da war er ja unter Seinesgleichen gewesen. Gab es hier überhaupt solche seiner Art? Er bezweifelte das stark. Aber er wollte nicht so schnell aufgeben, nicht schon wieder die Flucht ergreifen. Er war nun wirklich auf sich selbst gestellt, hatte keinen seiner Berater mehr, die ihm immer tatkräftig zur Seite gestanden hatten. Hier musste er allein fest auf seinem Fuß stehen. Obwohl er sich immer noch schwach und mitgenommen fühlte, machte er sich auf, um diese Unglücksstelle zu verlassen.

Sein kleines Schneckenherz machte einen Freudensprung. Was hatten seine Fühler da gerade ertastet? Schon lange nicht mehr war ihm so ein großer Haufen begegnet. Genüsslich zog er den köstlichen Geruch dieses rotbraunen Kotes ein.

Es waren die Ausscheidungen eines grünen Witwenkäfers, der vor kurzem diesen schmalen Pfad entlang gelaufen war. Unser Held hatte mal wieder großes Glück gehabt, denn diese giftigen Spinnenkäfer stürzten sich auf alles, was sich bewegte und sich ihnen in den Weg stellte. Mit einem starken Seidenfaden umspannten sie ihre Opfer und saugten sie ganz langsam aus.

Gestärkt machte sich der Schneckenkönig wieder auf den Weg. Nach jedem Unglück folgt bekanntlich auch mal wieder Glück, und so traf dies unseren Gastropoden heute schon vermeintlich zum zweiten Mal in Folge.

Ein vermutlich totes Insekt schwamm mit dem Bauch nach oben in einer braunbrühigen Pfütze. Der Schneckenkönig wollte gerade etwas Wasser daraus trinken, als er diesen fetten Brummer unbeweglich dort liegen sah. Nun war das keine tiefe Wassergrube, trotzallem musste unser Held überlegen, wie er es bewerkstelligen sollte, dieses Vieh zu ergattern. Rückenschwimmkäfer sind ganz schlaue Bürschchen, weil sie nämlich, so wie ihr Name schon sagt, gerne auf dem Rücken schwimmend, knapp unter der Wasseroberfläche ihrer Beute auflauern. Dem Tod vor kurzem fast schon geweiht, ihm aber Gott sei Dank noch einmal von der Schippe gesprungen, fasste der Bauchfüßer sich ein Herz und glitt langsam in diesen kleinen Teich. Als Lungenatmer benötigte er zwar immer genug Sauerstoff aus der Luft, aber er wollte es zumindest versuchen, an diesen verlockenden Happen zu gelangen. Dieses wagemutige Unterfangen sah er als Herausforderung, die ihn für zukünftige, vielleicht noch größere und gefährlichere Abenteuer stärken sollte.

Er hatte Glück, denn diese braune Brühe war wirklich nicht so tief, so dass er seinen Kopf über Wasser halten konnte. Unser Held war gar nicht mehr weit entfernt, als das Ding aufeinmal anfing sich zu bewegen, zuerst sachte und dann mit kleinen immer schnellerwerdenden Paddelbewegen. Und plötzlich schien es nach etwas zu schnappen, um sich kurz darauf in die Lüfte zu erheben. Bis der Schneckenkönig sich versah, war es schon auf und davon geflogen. Traurig war er nicht über die entgangene Mahlzeit. Es hatte eben nicht so sein sollen, und eigentlich war er immer noch satt von seinem vorigen Essen.

Er musste sich nun unbedingt wieder einmal eine Ruhepause gönnen. So viele Aufregungen hatte er in seinem Königreich nicht gehabt. Auf der Erde lag eine

Menge von großen braunen Blättern, unter denen er Schutz und Ruhe zu finden hoffte.

Nach einem wundersamen Traum, in dem er ganz wild seine Liebespfeile verschossen hatte, wachte er erholt und frisch gestärkt auf. Was oder wer war ihm begegnet? Wie hatte sein Wunschobjekt ausgesehen? Er wusste nur noch, dass es nicht seine Aurelie gewesen war und auch nicht der signalrote Elefantor. Auf jeden Fall war er sehr übermütig und ausgelassen gewesen.

»Kein Bube, keine Dame, keine 7 oder 8 oder 9 oder 10, kein As, kein König!«

»Was? Braucht ihr vielleicht noch einen König? Aber ich bin doch einer! Ich bin der Schneckenkönig!«, freute sich unser Held.

»7 abgehauen, weg!« vernahm er daraufhin von einem dieser flachen Wesen aus bedruckter Pappe.

»Braucht ihr wirklich keinen König? Ich möchte mal wieder ein König sein, wenn ich nur einen spielen dürfte. Versteht ihr? Ich kann doch nichts anderes sein. Ihr seid doch nur so gemalte Figuren. Ich meine, was könnt ihr schon anderes als spielen, habe ich Recht?« fragte der Schneckenkönig fast ein wenig zögerlich.

»Herz 7 weg!«, fast schrie es die Karo 7, obwohl sie eigentlich eine von der leisen Sorte war. Auch die 4 anwesenden Damen, alle ausnahmslos fesch herausgeputzt, waren eher zurückhaltend. Die beiden schwarzen Buben, die ganz vorne in der Reihe standen, waren die Vorlautesten. Der Schneckenkönig zählte 31 Karten an der Zahl. Und da er ein wenig rechnen konnte, er merkte, dass von jeder Sorte 4 Stück vorhanden waren, war die 32. wohl abtrünnig geworden. Entweder war sie des Spiels überdrüssig geworden oder ... Wurde sie womöglich entführt, war sogar noch Schlimmeres mit ihr passiert?, ging es ihm durch den Kopf. Zu dumm, dass er die Spielkarten nicht richtig verstand. Sollte er sich auf die Suche nach der Verlorenen machen? Aber er wusste nicht, ob das einen wirklichen Sinn machen würde. Vielleicht tauchte sie irgendwann wieder von selbst auf. Und so lange könnte er doch diese Sieben ersetzen. Wären ihm die Spielregeln bekannt, so würde er sogleich mit den anderen loslegen. So dachte der Schneckenkönig. Dann wurde ihm aber bewusst, dass hier gar keine Regeln existieren konnten bei all diesem Chaos überall. Und er fragte sich, ob das schon immer so gewesen war. Eigentlich wollte er ja nur ein wenig Spaß und sich vergnügen, und das ging ja auch ohne irgendwelche Vorschriften. Anscheinend hielt sich hier gar niemand an Gesetze. Und trotzdem schien das Zusammenleben der verschiedenartigen Wesen irgendwie zu funktionieren. Eines wurde dem Schneckenkönig ziemlich schnell klar: Keines dieser Geschöpfe schien jemals Nahrung zu sich zu nehmen. Er hatte noch keine Körperöffnungen für die Aufnahme und das Ausscheiden gesehen. Es gab somit keinen Futterneid, der Kampf und die Konkurrenz um Essen fiel schon einmal weg. Einen tieferen Sinn in ihrem Dasein konnte er nicht ergründen. Wahrscheinlich waren sie einfach nur zu ihrem Vergnügen da. Sie spielten den ganzen Tag miteinander, eine andere Bestimmung war für sie von vorneherein nicht vorgesehen. Er überlegte, ob er sich mit diesen fast stummen Wesen verständigen konnte. Er dachte, dass es hierfür vielleicht gar nicht vieler Worte benötigte. Schließlich reihte er sich einfach in die aufgestellte Mannschaft ein. Er bewegte seinen schleimigen Fuß in die Richtung der nebeneinanderstehenden Karten und platzierte sich zwischen die Pik-7 und die Karo-7. Da niemand dagegen einen Einwand erhob, erklärte er seine spontane Entscheidung für richtig. Er hatte rein intuitiv gehandelt und musste sich selbst loben über seine intelligente Handlung. Eigentlich war er eine schlaue Schnecke, doch in seinem Reich war dieses Wissen oft gar nicht so ans Licht gekommen. Die meisten seiner Pflichten und Aufgaben hatten im Repräsentieren bestanden. Für große Entscheidungen hatte er seine Hofberater gehabt. Nach einer kleinen Weile des Verharrens kam plötzlich Bewegung in die ganze Truppe. Flink wechselten alle miteinander ihren Platz, um sich sodann zu 3 Dreiergrüppchen zu formieren. Ein einzelnes Paar legte sich übereinander in ihre Mitte. Danach bildeten sich 3 Vierergruppen, die sich zu je einem Trio einer schon bestehenden Clique gesellten. Die letzte Vierergruppe wurde vom dem überraschten Schneckenkönig vervollständigt. Er war sogar sehr überrascht gewesen und fing auch sogleich mit allen 3 Damen zu flirten an. Nur ganz leicht blinzelte er der Herzdame zu; ich glaube, er hatte sich soeben ein wenig verliebt. Vergessen war der signalrote Elefantor, welchen er bei den Buntlingen zurückgelassen hatte. Seine Angebetete lächelte schüchtern zurück. Ganz selig und in sich versunken von der Liebe berauscht, wurde der Schneckenkönig jäh aus seinen Träumen gerissen, als alle aufeinmal anfingen, wild durcheinander zu laufen. Jeder versuchte vor dem plötzlich einsetzenden Platzregen zu flüchten, um Schutz in einer nahen Baumhöhle zu suchen. Unser kleiner Einfüßer konnte die ganze Aufregung zuerst nicht richtig nachvollziehen, denn so wie alle Schnecken, liebte er natürlich den Regen. Er konnte gar nicht genug davon bekommen. Genüsslich streckte er seine 4 Fühler aus und sog die Nässe in sich auf. Vergessen war die Liebe, seine große Liebe war der Regen und die damit verbundene Feuchtigkeit. Er reckte sich zu seiner vollen Länge von mittlerweile 30 cm, da kam aufeinmal eine unerwartete Lust, die Lust zu essen! Krabbelte da nicht ein süßer Käfer herum, der so richtig knackig aussah. »Dich muss ich haben!«, rief er und schnappte mit seiner Radula nach diesem verlockenden Insekt. Schon zerkleinerten die Zähnchen ihrer Raspelzunge das erbeutete Tier. Mittlerweile hatte der wohltuende Regen aufgehört, so dass die Spielkarten sich wieder aus ihrem Unterschlupf wagten. Die Skatkarten verspürten nicht mehr das Verlangen nach einem neuen Spielanfang. Der Schneckenkönig beobachtete, wie seine Herzdame ihm noch schnell einen sehnsuchtsvollen Blick zuwarf, bevor sie sich mit ihren 3 Freundinnen zu einem kleinen Plausch auf einer kleinen moosbewachsenen Stelle eines alten Baumstumpfes aufmachte. Ihn faszinierte ihr leichter, fast schwebender Gang, wie eine Elfin kam sie ihm dabei vor. Ein heftig aufloderndes, so noch nie gekanntes Begehren gewann aufeinmal die Oberhand in ihm. Heiße Lustwellen wuchsen sehr rasch zu hohen Wogen, die ihn mit sich rissen und ihn mit überschäumender Lebensenergie überrollten. Schnell fand er was er gesucht hatte: einen spitzen Stein, an dem er seiner Lust Befriedigung verschaffte. Langsam und genüsslich kroch er ein paar Mal über dessen scharfe Kanten und stöhnte in einem gewaltigen Orgasmus auf ... Ein dunkler feuchter Fleck würde noch einige Zeit Zeuge seiner erst kürzlichen Anwesenheit sein. Vergessen war das Spiel ... Er streckte sich wohlig und kroch unter ein großes, noch vom Regen feuchtes Ahornblatt, das vor ihm auf der dampfenden Erde lag.

Kraftvolle Sonnenstrahlen durchbrachen den wieder hellblauen Himmel, der noch mit vereinzelten grauen Wölkchen verhangen war. So schnell wie der Regen aufgehört hatte, so bald würde auch dieses vergnügliche nachmittägliche Erlebnis verblasst sein, denn mit jedem Tag kamen neue Abenteuer hinzu.

Wie lange er hier nun schon weilte, konnte er gar nicht genau sagen. Die Tage waren so prallgefüllt mit spannenden Neuigkeiten, dass sie wie der Wind davonflogen. Er wusste noch, dass seine erste Begegnung ein grüner Plastikhut gewesen war, dann konnte er sich an Kugeln erinnern, die ihn attackiert hatten, das war gleich zu Anfang gewesen, vor der Begegnung mit der Herzdame hatte er noch einige Spielfiguren beobachten können, die nichts anderes getan hatten, als miteinander zu streiten. Um was es da genau gegangen war, war ihm aber nicht schlüssig geworden. Ihn wunderte es nur sehr, wie sie sich fortbewegten, sah man doch keinerlei Hilfsmittel diesbezüglich, also keine Beine oder andere Gliedmaßen. Und wie sprachen sie ohne Münder?

Einst lebten hier Menschen, Tiere und Pflanzen. Die Menschen wohnten in Häusern, und die meisten von ihnen gingen einer regelmäßigen Arbeit nach. Es herrschte Wohlstand, aber es gab auch viele Arme zu diesen Zeiten. Um diese Arbeitslosigkeit abzuschaffen, wurde die tägliche Arbeitszeit bei gleichem Lohn von 7 oder 8 Stunden auf 4 Stunden gekürzt. So hatten alle Arbeit und jeder genug Freizeit. Doch diese wollte sinnvoll genutzt werden. War es einst noch einige Zeit üblich, Fernsehen zu schauen, stundenlang vor dem Computer zu sitzen, um darin zu surfen oder Spiele zu machen, kam aufeinmal wieder der Trend nach Karten-, Brett-, Würfel- und Geschicklichkeitsspielen auf. Das machte sich die Spielzeugindustrie zu Nutze, und die Nachfrage war groß. Plötzlich war es chic, auch die alten Klassiker wie „Mensch ärgere dich nicht" oder „Halma" wieder zu spielen. Waren es vor diesen Zeiten die Markenjeans oder Schuhe von Neki gewesen, welche Neid hervorgerufen hatten, so wollte jeder plötzlich diejenigen Spiele besitzen, die gerade »in« waren. Was damals niemand wusste war, dass diese Branche mit unlauteren Mitteln arbeitete. Jeder weiß, was eine Sucht ist und dass diese, um befriedigt zu sein, nach immer mehr verlangt. Transpilen! So hieß diese neuartige Droge, die damals nur für diese Zwecke erfunden worden war. Mit diesem Nervengift, welches nicht nur starke Übelkeit und Erbrechen hervorgerufen hatte, sondern auch vornehmlich Lähmungserscheinungen, Muskelschwunde und vor allen Dingen – bei hoher Dosis – baldiger Lungenkrebs und Erstickungstod, wurden die Blätter der oft mehrseitigen Spielanleitungen behandelt.

Irgendwann wurden diese vergifteten Anleitungen beschlagnahmt und fortgeschafft. Es hätte noch eine größere Gefahr für die Natur gedroht, wären diese alle verbrannt worden.

Schon wieder wurde der Schneckenkönig Zeuge einer komischen Szene. So richtig dem ganzen Geschehen entziehen wollte er sich eigentlich auch gar nicht. Oft fand er es nur lustig, wie das Spielmaterial miteinander umging. Dies schien von ihm auch gar keine Notiz zu nehmen, krochen hier ja noch andere tierische Geschöpfe seit langem schon herum. Die Fühler hoch aufrichtend lauschte er, wie ein gelber pyramidenförmiger schwarzäugiger Würfel mit einem blauen weißäugigen der gleichen Art debattierte. Den Anfang und den Anlass des Streites hatte er leider nicht mitbekommen. Doch auch so fand er es ganz witzig, diese kleinen Kunststofffiguren zu beobachten, es sah einfach zu grotesk aus, wie sie ohne Mund und richtige Augen miteinanderkommunizierten.

»Ab zum Geierwilly!«, ertönte die barsche Stimme des gelben Würfels. Dabei funkelte er böse mit seinen vielen kleinen Äuglein.

»Nicht 8?«, fragte der Blaue schüchtern.

»Nein 6!«, erhielt dieser zur Antwort.

»6 beim Geierwilly? Rot 6! Rot 6!«, vertrat die anfangs Zögernde ihren Standpunkt.

Dieser Disput ging so eine Weile hin und her, führte aber zu keinem Ergebnis. Nach einer Weile stoben alle gelben, grünen, blauen, roten und schwarzen Würfel, insgesamt 15 an der Zahl, auseinander und suchten das Weite. Die Spielkarten blieben gesittet übereinandergestapelt, mit dem Rücken nach oben liegen. Nur eine der drei nebeneinander, mit der Bildseite nach oben liegenden Karten, wusste, dass einer der Roten gelogen hatte.

Bei soviel Trubel brauchte unser Held dringend einmal eine längere Erholung. Und so beschloss er, sich für unbestimmte Zeit von den Spielen zu entfernen. Sicher gab es doch ein Fleckchen Erde hier, wo er ihnen nicht auf Schritt und Tritt begegnen würde.

Also machte er sich eines Tages auf, um sich auf Wanderschaft zu begeben. Als er schon einige Zeit unterwegs war, nahmen seine Fühler aufeinmal den süßen Duft einer spätsommerlichen Wiese wahr. Flink kroch sein Fuß darauf zu und tauchte alsbald in saftiggrünes Gras, bunte Blumen und munteres Treiben von Krabblern, Fliegern, Summern und Zirpern ein. Die Natur schien hier Hochzeit zu feiern, die Vielfalt der verschiedensten Insekten und anderen Gliedertiere war überwältigend, so etwas hatte es in dem Schneckenreich nicht gegeben, das klein und überschaubar gewesen war. Wie groß allein diese ganze Grünfläche war, das konnte der Schneckenkönig nicht einmal erahnen. Überall wuselte es eifrig über die etwas feuchte Erde, zwischen und über einzelne Grashalme, auf Blüten, Stängeln und Blättern und in der Luft darüber. Er reckte seine Fühler, um alles genau betrachten zu können. Hier wuchsen leuchtendrote Feuerblumen, Lilienkraut, Rosendorn und Fersensporn und das Gemeine Hühnerauge in friedlichem Einklang nebeneinander her. Er war gerade im Begriff eines der wunderschönen lilafarbenen Blütenblatter einer lilienartigen Blume anzuknabbern, als er plötzlich einen kleinen Piekser spürte, so dass er jäh zusammenzuckte. Da hatte sich ihm auch schon der kleine Übeltäter gezeigt. Flugs war er angehüpft gekommen und stellte sich ihm in den Weg. Unser Held war mächtig überrascht über das Wesen, welches aufeinmal anfing, wie benommen zu torkeln, dann umfiel, sich langsam wieder aufrichtete, um schließlich ganz unsicher und wackelig auf seinen sechs Beinchen stehenzubleiben.

»Gu gu tete n Tahahag! Oh … lala!! Isch benn de her Bühlbüblühühühühü tennektarhaa hauuger ähh sauhaughauger! Upps! Ententluluschischuhuhulilidi …. ohoh Haha! …gung!«, lallte das Ding.

Wen hatte er sich denn da angelacht? Einen betrunken Käfer oder einen Grashüpfer oder eine Mischung aus beiden Arten? Dieses geflügelte Wesen sah mit seinem langen spitzen Schnabel ganz witzig aus. An seinem dunkelbraunen feuchten Haarkleid klebten Pollen, die dieses gelbgesprenkelt aussehen ließen, außerdem haftete an ihm ein recht penetranter Geruch.

Da er in der letzten Zeit so gut wie keine Gesellschaft gehabt hatte, ließ er sich trotz schwerverständlicher Rede auf einen kleinen Plausch mit dieser Blütennektarsaugfliege ein. Dieser war aber schon nach kurzer Zeit des Erzählens in einen längeren Monolog übergegangen. Soweit der Schneckenkönig dieses sehr mitteilsame Geschöpf verstanden hatte, war dieses in den Blütenkelch einer Venusnektarpflanze gefallen und nur unter größter Anstrengung daraus wieder entkommen. Es hatte wirklich ganz schön Einen sitzen, d. h. es war sternhagelvoll, berauscht von dem Nektar.

»Lalala lalass disch nisch auau verfrüh füfüverfrühen!«, waren seine warnenden, mit letzter Kraft herausgepressten Worte, kurz bevor es torkelnd umfiel.

Papperlapp!, dachte unser Held. Wenn ich jetzt fliegen könnte … Ja! Vielleicht könnte ich dann in solch eine Falle geraten. Aber wie soll ich denn dort einfach so hineinfallen? Nein! Auf jeden Fall habe ich ein wenig Unterhaltung gehabt. Das war ja ganz schön gewesen. Auch wenn ich nur wenig verstanden habe. Hier gefällt es mir! Ich bin so richtig gespannt, wer oder was mir noch so alles über den Weg läuft. Auch bin ich froh, dass ich mal nicht die ewigen Streitereien der Spiele mitbekomme. Wenn ich wieder zurück bin, werde ich dort für Ordnung sorgen. Ja, ich denke, dieses Vorhaben könnte ich zu meiner Lebensaufgabe machen! Die schlagen sich doch noch die Köpfe ein! Aber jetzt werde ich mich hier einfach mal der Lust und dem Genuss hingeben!

Bodenständig, stressresistent, selbstbewusst, tiefverwurzelt mit dieser Erde, von schlanker Gestalt – diese positiven Eigenschaften konnte man ihr mit Recht zuweisen, passend war das stolzerhobene Haupt, das alle anderen überragte und allen Widrigkeiten zu trotzen schien.

Aus ihrem weitgeöffneten Kelch ragte ein übergroßer Griffel. Ganz unverhüllt und ohne Scham stellte sie diesen zur Schau. Sie war auf dem Höhepunkt ihrer Blüte und strahlte diesen mit einem betörenden Duft aus.

»Aurelie! Meine Süße! Bist du es? Kann es sein – nach all dieser Zeit … Wo bist du, meine große Liebe?! Zeig dich mir!«, rief der Schneckenkönig flehentlich.

»Lasst sie! Seht ihr nicht, wie kostbar sie ist? Nein, wirklich nicht? Nein, hierhin! Ich will ihren Duft für alle Ewigkeit bewahren!«

Noch wusste er nicht, was auf ihn zukommen würde. Wie von einem Magneten angezogen, kroch er immer weiter.

»Aurelie! Ich bin gleich bei dir!«

Die Nacht brach herein, auf die ein nächster Tag kommen würde. Verlassen lag das Land und offenbarte seine leere Öde – niemandem. Totenstille. Erde zu Erde! Staub zu Staub!

Die Insektivoren oder auch Karnivoren genannt, weil sie nicht nur Photosynthese betrieben wie normale Pflanzen, sondern sich auch von tierischem Fleisch ernährten, waren die Bewohner eines weitausgedehnten Sumpfgebietes. Die Spielfiguren mieden dieses Stück

Erde, das für sie zu feucht und unwegig war. Es war die Heimat unzähliger Geschöpfe, die hier Nahrung in Hülle und Fülle und Unterschlupf fanden. Das Leben spielte sich meist im Verborgenen ab, z.B. in den Schläuchen der Kannenpflanze und des Wasserschlauches, im Inneren des Gemeinen Froschmauls – aber oft endete dieses auch dort tragisch.

Speisen dieser Fleischfresser waren vornehmlich kleine Insekten. Es war auch schon vorgekommen, dass ein größeres Gliedertier in so einem gefräßigen Schlund den vorzeitigen Tod gefunden hatte, denn wenn einmal die Falle zugeschnappt hatte, gab es selten ein Entrinnen. Und bald danach setzte auch schon der Verdauungsprozess ein, indem dem Opfer wertvolle Nährstoffe, wie z.B. Stickstoff und Phosphate, zum Wachstum und Weiterleben entzogen wurden.

Irgendetwas bewegte sich zwischen zwei zusammengeklappten Blatthälften, deren Ränder spitze Stacheln aufwiesen. Es versuchte sich aus diesem engen Gefängnis zu befreien, indem es immer wieder probierte, eine geeignete Lücke zwischen diesen reißerischen Randzähnen zu finden, durch das es seinen Körper zwängen konnte. Und plötzlich konnte man Zeuge eines scheinbaren Wunders sein: Langsam und behende, mit den Fühlern voraus, quetschte sich der geschmeidige und muskulöse Fuß einer Roten Wegschnecke durch eine enge Öffnung und befreite sich aus dieser mörderischen Falle.

Der Schneckenkönig atmete erst einmal kräftig durch. Was war mit ihm geschehen? Er konnte sich an gar nichts mehr erinnern. Wo war er?

Benommen streckte er seine Fühler in alle Richtungen, um erst einmal seine Umgebung wahrzunehmen. Wohlig räkelte er seinen Fuß auf der von Feuchtigkeit durchtränkten Erde. Unser Held bemerkte, dass es hier wirklich sehr feucht war, feuchter, als das, was er bisher gekannt hatte. Voller Wollust stöhnte er auf.

Nach einem kleinen Nickerchen fühlte er sich wieder herrlich entspannt, so dass er sich hier ein wenig umzusehen begann.

Um niemanden noch länger auf die Folter zu spannen, wollen wir Licht in das Dunkel der vergangenen Stunden bringen.

Unser Held war dieser Blütennektarsaugfliege begegnet, welche ihm mit lallenden Worten ein gerade erlebtes Abenteuer erzählt und ihn gewarnt hatte, sich nicht auch verführen zu lassen. Diese Warnung hatte der Schneckenkönig aber nicht beherzigt, weil er dachte, dass ihm so ein Missgeschick niemals passieren kann. Offensichtlich hatte er dieses Insekt wirklich nicht ganz Ernst genommen, war es doch in seiner Erscheinung und seinem Auftreten nicht gerade glaubwürdig und seriös, sondern im Gegenteil sogar recht albern gewesen.

Bald darauf wurde er von einem betörenden Duft gefangengenommen, der ihm die Sinne raubte. Eine magische Kraft war von dieser Venusnektarpflanze ausgegangen, der er sich nicht hatte entziehen können. Wie in Trance war er den schlanken, aber sehr stabilen Stängel bis zu ihrem Blütenkelch hochgekrochen. Ihr blaues Blütenkleid war einladend geöffnet gewesen. Bis zu ihrem weitherausragenden Griffel war er gekommen, hatte diesen liebkost ... und augenblicklich hatte sich die Verführerin verwandelt, so dass er, als er aufgewacht war, sich in einer Venusfliegenfalle wiedergefunden hatte. Das Erstaunliche an dieser Geschichte war nicht die Verwandlung allein, sondern der unfassbare Ortswechsel. Wie konnte der Schneckenkönig so schnell bei den Fleischfressern gelandet sein, hatte er doch seinen Fuß keinen Zentimeter von dieser Blaublütigen fortbewegt? Ohne Zweifel befand er sich nun unter den Insektivoren, und die Venusfliegenfalle ist eine besonders raffinierte Vertreterin dieser Gattung. Die spitzen Randzähne ihrer Blätter bewahren sie vor lästigen Fraßfeinden, klebrige Hafthaare auf der Blattinnenseite verhindern ein Entkommen ihrer Beute, die sie mit ihrem ätzenden Saft verdaut.

Wie war er von der blühenden bunten Wiese in dieses unwegsame Sumpfgebiet gekommen? Die Erklärung ist ganz einfach: Diese Wiese hatte es auch ganz faustdick hinter den Ohren – sie konnte sich nämlich verwandeln, d. h. eigentlich war es das Reich der Insektivoren, das zu unbestimmten Zeiten immer mal die Gestalt einer saftiggrünen Grasfläche mit bunten Blumen annahm, um so neue Beute anzulocken. Zu einem ganz besonderem Gelingen konnte man der schönen blauen Verführerin gratulieren, die unseren Helden mit einer perfekten Imitation von Aasgeruch in die Irre geführt hatte.

Seit dem Weggang des Schneckenkönigs herrschte bei den Skatkarten heller Aufruhr. Eine der Damen war aufeinmal verschwunden und auch nach langer gründlicher Suche nicht mehr aufgetaucht. Die drei Übriggebliebenen mussten schwere Vorwürfe über sich ergehen lassen, hätten sie in ihrem Kreis doch hin und wieder ein wachsames Auge auf ihre Gesellin werfen können.

Keiner hatte mehr große Hoffnung, dass sie wieder zurückkehren würde, dachten doch die meisten von ihnen, dass sie entweder entführt worden oder ihr ein schlimmes Unglück zugestoßen war.

Nach anfänglichen Schwierigkeiten bewegte sich nun unser Held schon ziemlich geschickt und behende über den ständig von Wasser durchtränkten Boden. Die Stängel und Blätter, der tief im Morast verwurzelten Wasserpflanzen boten ihm nicht nur oftmals Halt, sondern auch einen äußerst leckeren Gaumengenuss. Hier hatte er nun auch endlich Ruhe und Frieden gefunden. Er fühlte sich sehr wohl unter den Fleischfressern.

Rein intuitiv hatte er sich diesen langen röhrenartigen hellgrünen Schlauch ausgesucht, der sich erwartungsvoll in die Höhe reckte. Neugierig, wie er war, wollte er erkunden, was dieser in seinem Innern so alles verbarg. Wieder einmal war er von einem alles übertreffenden Duft magisch angezogen worden. Wie von Sinnen kroch er die Außenwände dieses Schlundes empor.

Kannenpflanzen sind nicht nur gefräßige Killer, sondern bieten manchen Tierarten, die gegen ihren Verdauungssaft resistent sind, eine Behausung und energiereiche Nahrungsquelle. Sie haben sogar eifrige putzwütige Helfer, nämlich Putzerameisen, die sie nicht nur von Verdauungsresten, sondern auch von Raupen befreien, welche nicht nur mit ihrer Seide die Öffnung des Schlauches zuspinnen, um sich so eine sichere Zufluchtstätte zu schaffen, sondern auch das Gewebe unterhalb der Öffnung wegfressen, so dass der obere Teil der Kanne abstirbt.

Als er oben angekommen war, musste er erst einmal dringend eine Verschnaufpause einlegen, zu anstrengend war dieser Aufstieg gewesen. Hätte er sich nicht einfach durch diesen Schlauch durchbeißen können, um an das Innere zu gelangen? Natürlich hätte seine scharfe Zunge mit ihren Zähnchen die stabile Kannenwand durchtrennen können, doch er hatte sich mal wieder kopflos, jeglicher Vernunft beraubt und von einer fremden Macht gesteuert, zu einem unbekannten Abenteuer aufgemacht.

Dick eingeschleimt kroch sein Fuß über den Rand der Öffnung, um sogleich in den Schlund einzutauchen. Schon bald sah unser Held auf der gegenüberliegenden Seite eine grünbraune Sumpffliege, die dem sicheren Tod vor dem ätzenden Verdauungssaft zu entkommen versuchte, indem sie verzweifelte Anstrengungen unternahm, sich aus den schlüpfrigen und klebrigen Hafthaaren der Kanneninnenwände zu befreien. Doch was hätte es genützt, wären diese Bemühungen erfolgreich gewesen? Mit ihren verklebten Flügeln hätte sie unmöglich aus dem Schlauch hinausfliegen können, wäre wahrscheinlich gegen die Wände gestoßen, um irgendwann doch vor Erschöpfung in die Flüssigkeit am Grund zu fallen.

Dem Schneckenkönig lief das Wasser im Munde zusammen. In der letzten Zeit hatte er sich wieder nur mal von Blättern ernährt. Wann hatte er zum letzten Mal etwas Tierisches zu sich genommen?

Geschmeidig bewegte sich sein schleimiger Fuß über die nach unten gerichteten Hafthaare der Kanneninnenwand, die für krabbelnde und kriechende Insekten zu einer Art Rutschbahn werden konnte, für unseren Nacktschneckerich in dieser Hinsicht aber keinerlei Gefahr darstellte. Übermütig schnappte sich seine Radula, was sie auf dem Weg nach unten vorfinden konnte. Da gab es z.B. den kleinen Stichling, eine Stechmücke, die sich ausschließlich von Pflanzensaft ernährt. Mit ihrem spitzen langen Rüssel sticht sie unter anderem auch in die kräftigen Stängel des Moorleichlings, um sich an dessen dickflüssigen, weißgelblichen und milchigen Saft gütlich zu tun.

Was für eine Gaumenfreude für unseren Helden! Und er schien auch wie geschaffen für diese Röhre. Sein praller Körper passte, wie der Schlüssel in das Schloss. Der Weg nach unten schien gar kein Ende zu nehmen. Sein Bäuchlein war schon ziemlich voll mit lauter Köstlichkeiten. Die kleinen Eier, aus denen Raupen eines Falters hätten schlüpfen sollen, hatten ihm besonders gut gemundet.

Schlürfend und schmatzend folgte er dem Verlauf des Schlauches, schob sich sein Fuß mit kleinen Wellenbewegungen in die Tiefe.

Dieses große Sumpfgebiet mit den Insektivoren gab es auch schon vor der großen Epidemie. Doch hatte sich seit dieser einiges hier verändert. Die Vögel waren wie die Menschen ausgestorben oder geflüchtet. Die Insekten wurden von Insekten oder anderen Gliedertieren gefressen. Ihre größten Feinde waren aber die fleischfressenden Pflanzen, die diese mit ausgeklügelten Verführungsstrategien und Tricks in die Falle lockten. Es kam vor, dass täglich Dutzende ihnen zum Opfer fielen. Und so bekamen sie genug Energie, um immer höher und größer zu werden.

Endlich konnten seine Fühler die klebrigsüße Flüssigkeit des Grundes ertasten, da war aber noch etwas anderes, was diese wahrgenommen hatten, etwas Matschiges, Aufgequollenes, nicht mehr recht Definierbares. Entsetzt fuhr der Schneckenkönig zusammen! Sah das nicht aus wie … nein, das konnte doch unmöglich sein … »Ausgeschlossen! Das ist ausgeschlossen! Nein, ich bilde mir da etwas ein! Was ist das?«, fragte er sich und erstarrte, als er der Wahrheit ins Auge blicken musste.

»Ich habe sie geliebt! Ja, jetzt weiß ich es! Das war nicht nur so ein Flirt! Ich habe sie wirklich geliebt!«

Noch einmal wollte er sie fühlen und so für alle Ewigkeit mit ihr verschmelzen. Aufeinmal ließ ein kräftiger Sog den pappigen Brei in der Tiefe verschwinden und hinterließ nur ein rotes Herz, das traurig und allein noch auf der Oberfläche dieser ätzenden Brühe schwamm.

Den krönenden Abschluss des Verdauungsaktes bildete eine sprühende Fontäne, aus der er ein ihm zublinzelndes Auge zu erkennen glaubte.

Ich muss schnell weg aus dieser Mördergrube!, dachte unser Held und biss sich ins Freie.

Verflixxt, die Wächter weigerten sich partout, ihre Positionen einzunehmen. Die roten und grünen achteckigen Wegemarken fingen an, nervös zu werden. Nur die 5 weißen Wandelmarken hatten noch Hoffnung. Sie wurden auch Glücksmarken genannt, weil sie eine negative Zahl in eine positive umwandeln konnte. Die 21 schwarzen Äuglein des weißen Würfels schauten missmutig. Wild rannten die blauen, roten, gelben und grünen Spielfiguren über die zu einem Weg ausgelegten Plus- und Minusmarken und passierten dabei immer mal wieder die Start- und auch die Zielkarte. Diese beiden schienen ganz unbeteiligt zu sein. Ihnen fielen keine besondere Aufgaben zu. Sie waren leicht ersetzbar, und in der Not ging es auch ohne sie. Das Spiel war auch ohne den Wurm zu spielen. Er war nämlich der Anlass des Streites, aber eigentlich fanden das ganze

Spielematerial immer einen Grund für Auseinandersetzungen. Nun ging es eben mal wieder um den Wurm. Selten hatte er Lust, bei einem dieser kurzweiligen Spiele dabei zu sein. Meistens hatte er sich in einem Erdloch in der Nähe verkrochen. Doch an diesem Tag hatte ihn noch keiner zu Gesicht bekommen. Es war recht außergewöhnlich, dass ihn schon seit Stunden niemand mehr gesehen hatte.

»He, kannst du nicht aufpassen!? Wo hast du deine Augen, du Riesending!?«, schimpfte der Schneckenkönig, als er es endlich geschafft, hatte wieder zum Vorschein zu kommen. Schnell kroch er auf die Seite – weg von diesem Ungetüm. Er hatte noch einmal Glück gehabt.

Seit er aus seinem Reich geflohen war, begegneten ihm jeden Tag irgendwelche Dinge, die für ihn neu waren. Auch gab es hier immer mal wieder ein Exemplar einer Art mit gigantischen Ausmaßen. Das, welches gerade unseren Held ziemlich unsanft über den Haufen gerannt hatte, schien die Länge eines Güterzuges zu haben! Und auch dessen Gewicht!

Zärtlich streichelten die kleinen Ärmchen seine Fühler. Er war so froh, keinen Schmerz an seiner empfindlichsten Stelle zu spüren, natürlich hatte er sie mal wieder rechtzeitig eingezogen. Noch immer kroch der wurmartige Riese über die feuchte schwere Erde.

Das Erlebnis in der Kannenpflanze hatte den Schneckenkönig ziemlich erschüttert und mitgenommen. Das rote Herz wollte nicht aus seinem Kopf gehen. »Aurelie! Meine Liebe, meine erste große Liebe! Ich musste dich verlassen. Mein Elefantor ....«, Tränen kullerten aus seinen Äuglein, » und dann du – meine Herzdame!«, schluchzte er.

Aufeinmal sehnte er sich wieder nach Gesellschaft. Ach was!, dachte er. Egal, ob die Spiele wieder miteinander streiten. So bin ich wenigstens abgelenkt. Diese Traurigkeit macht mir das Alleinsein schwer. Ich fühle mich einsam. Jetzt werde ich erst einmal ein kleines Schläfchen machen. Vielleicht geht es mir dann wieder besser.

Und so war es auch wirklich. Plötzlich spürte er sogar eine unerwartete Energie in sich, so dass er zu explodieren schien. Voller Tatendrang machte er sich auf den Rückweg.

Sein Fuß robbte im Sausewind vorwärts. Was für ungeahnte Kräfte ließen unseren Held so flott dahinkriechen, als hätte er einen eingebauten Turbogang, von dem er die ganze Zeit nichts gewusst hatte? Blumen, Gräser und verschiedenes Gehölz zogen an ihm vor. Er brauste über kleine Ameisen und Käfer, eine Riesenspinne krabbelte eilig davon, als sie ihn schon von weitem anflitzen sah.

Insektivoren fressen schon oft über den Bedarf hinaus, d. h. es gelangen viel mehr Insekten in ihre Fänge, als diese überhaupt benötigen, das ist bei den Kannenschläuchen sehr oft der Fall, weil sich diese nicht nach erfolgreichem Beutefang erst einmal schließen, um über etliche Stunden oder sogar tagelang zu verdauen, wie es die Venusfliegenfalle tut, sondern stets geöffnet bleiben. Aus diesem Energieüberschuss produziert der Kannenschlauch ein hochprozentiges Mittel, das ihm die giftigen Schmarotzerfliegen vom Leibe hält, welches aber wiederum für die willkommenen Putzerameisen ein rechter Leckerbissen ist.

Unser Held wusste nicht, dass der Supersaft dieser

Killerpflanze für sein rasantes Tempo verantwortlich war. Aber er kam wieder mal aus dem Staunen nicht heraus. Als er sich aus dem Schlauch herausbiss, hatte er da nicht schon eine immense Kraft gespürt? Es ging ja alles so rasend schnell … Seine Geschmacksnerven nahmen eine eigenartige Süße wahr, aber auch etwas Bitteres … Ich bin fast explodiert vor Energie!, schoss es dem Schneckenkönig durch den Kopf. Liegt das an dieser Pflanze, fragte er sich, ich muss irgendetwas daraus gegessen oder getrunken haben, das mich so schnell flitzen lässt. Das Gute daran ist, dass ich mich gar nicht anstrengen muss.

Das Spiel hieß »Verflixxt«, und es war wirklich verflixt, dass das Spielmaterial sich immer noch nicht hatte einigen können, was denn nun zu tun sei. Fast hätte der Bauchfüßer einen flüchtenden Wächter umgenietet, bevor er ungebremst auf die versammelte Gruppe zuraste. Ängstlich stoben alle auseinander. Doch schon wurde sein Tempo allmählich wieder zu einem normalen Kriechen, so wie er es gewohnt war.

Die Spielfiguren, die Wächter, die Wege- und Glücksmarken, der Würfel und sogar die Start- und die Zielkarte schauten ganz verdattert auf das Wesen, das sie attackiert hatte. Für kurze Zeit war sogar der Streit vergessen.

»Bist du ein Wurm?«, wollte einer der vier noch übriggebliebenen hölzernen Wachtposten wissen. Er war der Größte unter ihnen, seine Höhe überragte die Fußlänge unseres Helden, vielleicht hatte er deswegen den Mut gehabt, den Schneckenkönig als Erster anzusprechen.

Ursprünglich, vor der großen Epidemie, waren die

Spielfiguren, ja das gesamte Spielmaterial von geringerer Größe als in den heutigen Tagen, und keiner wusste, wann das Wachstum abgeschlossen sein würde. Niemand von ihnen konnte sich daran erinnern, dass die meisten einmal sehr viel kleiner gewesen waren. Für sie war es selbstverständlich, dass sie miteinander kommunizieren, sich bewegen konnten. Doch diese Entwicklung hatte sich nicht von einem auf den anderen Tag vollzogen. Etwas hölzern und abgehackt klangen ihre Worte.

»Nein! Ich bin der Schneckenkönig!«, entgegnete der Gefragte.

»Der Schneckenkönig!? Wo ist deine Krone?«, wollte ein weiterer Wächter wissen.

»Ich habe keine Krone!«

»Dann bist du auch kein König!«, vernahm er von einer blauen Spielfigur.

»Doch, aber das ist ja auch egal! Dann möchte ich euch mal eine Frage stellen: Wie könnt ihr sprechen, da ich bei euch allen gar keine Münder sehe oder Ohren, die hören!«

»Das ist ganz einfach!«, meldete sich jetzt eine rote Minus-Wegemarke, »wir können deine Gedanken fühlen. Das ist so wie sehen oder hören. Wir sprechen nicht, wir übertragen unsere Gedanken.«

»Aber wie kann ich eure Gedanken oder Worte hören? Ich verstehe das nicht. Ich höre euch doch ganz deutlich und laut!«, sprach der Schneckenkönig.

»Auch das ist einfach zu verstehen!«, sprach die Rote weiter, »was du hörst, das sind unsere Stimmen in deinem Kopf.«

»Dann verstehe ich jetzt auch, warum ihr keine Augen braucht!«

Aufeinmal merkte unser Held, dass diese Wesen ganz schön intelligent waren. Aber warum schien ihre Lieblingsbeschäftigung das Streiten zu sein? Das konnte er nicht begreifen. Bisher hatte er allerdings noch gar keinen richtigen Kontakt zu ihnen knüpfen können. Doch das wollte er ab sofort ändern.

Plötzlich gab es ein allgemeines Durcheinander. Die Ursache: Ein überraschender Platzregen, der alle einen trockenen Unterschlupf suchen ließ. Wie diese Geschöpfe fortstoben, als ginge es um ihr Leben. Sie schwebten über die nasse Erde. Hatten sie vielleicht gar keine Gliedmaßen? Es waren nämlich gar keine Arme und Beine bei ihnen zu sehen, oder bewegten sie sich vielleicht Kraft ihrer Gedanken? Die Wege- und Glücksmarken aus Pappe hatten es besonders eilig, waren sie doch nicht so geschützt wie ihre Gesellen aus lackiertem Holz oder Kunststoff, welche sich aber dennoch aus irgendeinem Grund auch vor dem Regen fürchteten. Unser Held genoss erst einmal das erfrischende Nass. Was für eine Wohltat!

So plötzlich wie der Regen angefangen hatte, so abrupt hörte er auch wieder auf. Der Schneckenkönig gesellte sich wieder zu den anderen.

»Wieso haltet ihr euch nicht ständig an einem trockenen Platz auf?«, wollte er von den künstlichen Wesen aus Pappe, Holz und Kunststoff wissen.

»Wir sind schon immer hier!«, antwortete eine der gelben Figuren.

»Ja, aber das heißt ja noch lange nicht, dass ihr hier für immer bleiben müsst,« sprach unser Held.

»Willst du bei uns mitspielen? Unser Wurm ist weg«, vernahm er von der grünen 8-Plus-Marke.

»Ich werde mich euch anschließen unter der Bedingung, dass ihr mir die Regeln erklärt und ich euch einen geschützten Unterschlupf suchen darf.«

»Wir haben keine Regeln. Sie sind alle fort.«

Anscheinend gab es hier wirklich keine Regeln mehr. In seinem Königreich wurden auch desöfteren Spiele veranstaltet, und da hatte es immer feste Vorschriften und Anleitungen dafür gegeben. Der Schneckenkönig erinnerte sich an sportliche Wettkämpfe oder auch lustige Turniere, bei denen sie sich alle zu Höchstleistungen angespornt hatten.

»Dann stelle ich die Regeln auf! Ohne Regeln kann ich bei euch nicht mitspielen!«

»Wir spielen so, wie wir Lust haben!«, kam es von dem Würfel zurück. »Ich mache ein paar Purzelbäume, so wie es mir gefällt, und dann höre ich einfach auf, wenn ich nicht mehr mag.«

»Dann fällst du aber eine große Entscheidung!«, sprach der Schneckenkönig. »Wäre es nicht besser, ein anderer würde dich purzeln lassen? Hast du daran noch nicht gedacht? Außerdem braucht ihr einen richtigen Unterschlupf, eine Baumhöhle vielleicht. Dieser Busch hier ist doch nicht wetterfest! Aber es müsste schon eine ziemlich große Höhle sein, in der ihr euch ständig aufhalten könnt. Die Erde ist hier doch immer ziemlich feucht. Ihr Karten oder Marken, seid mir nicht böse, aber die Nässe lässt euch doch sehr mitgenommen aussehen.«

»Wir können über der Erde schweben!«, kam es von einer der Karten.

»Meinetwegen. Und trotzdem fällt der Regen vom Himmel auf euch – und das ziemlich häufig. Ich möchte nicht mehr weiter mit euch debattieren. Wenn ich mitspiele und ihr mich dabeihaben wollt, dann werden wir erst alle zusammen einen anderen wettergeschützten Ort suchen. Danach können wir zusammen Regeln für euer Spiel aufstellen. Vielleicht müssen wir etwas weiter miteinander wandern, um eine geeignete Bleibe für euch zu finden. Aber dann kehrt bestimmt etwas Ruhe bei euch ein. Ihr seid dann unabhängig vom Wetter, das doch auch ständig für Unterbrechungen im Spiel sorgt.«

»Der Schneckenkönig hat Recht!«, vernahm er von einer der Glücksmarken. »Wir werden uns gleich aufmachen!«

Und so war es beschlossene Sache. Unser Held hatte nun endlich wieder eine sinnvolle Aufgabe und Anschluss gefunden. Wenn sie ihn als Oberhaupt akzeptierten, dann konnte er seine gewohnte Rolle wieder spielen. Ach ja, er sollte ja auch die Funktion des verschwundenen Wurmes einnehmen. Das hatte ja alles keine Eile. Wollten sie denn wirklich aufbrechen, ohne sich auf die Suche nach dem Vermissten zu machen?

»Der Wurm kommt nicht mehr zu uns zurück!«, wandte sich die Glücksmarke an die Versammelten.

Nun waren sie schon eine ganze Weile unterwegs, nahmen einen großen Umweg in Kauf, um das riesige Sumpfgebiet mit seinem unwegsamen Gelände zu umgehen, in dem vor kurzem noch unser Held geweilt hatte und das sich immer mehr auszubreiten drohte. Sie passierten teils grünbewachsene, teils sandige und erdige Gegenden. Unweit ihres jetzigen Reiseweges hauste ein gigantischer Gliederfüßer. Man sagt, er habe unzählige Arme und Beine, mit denen er seine Opfer umwickeln und erdrücken konnte, so dass diese einen schnellen Erstickungstod erlitten. Kein menschliches Wesen hatte übrigens dieses furchtbare Geschöpf zu Gesicht bekommen. Diese und noch viele andere unzählige Monster hatten sich erst nach dem Ende der Menschheit entwickelt.

War die menschliche Rasse wirklich ausgestorben, hatte es keinen einzigen Überlebenden gegeben?

Eine andere menschenähnliche Art war unzählige Lichtjahre von hier entfernt entstanden. Doch wo befanden sich nun die Untertanen des Schneckenkönigs, die hunderte von anderen Roten Nacktschnecken? Sie konnten doch nicht vom Erdboden verschluckt sein, waren sie am vielleicht gar nicht mehr am Leben?

»Wir müssen von hier weg?«, sprach die Schnecke.

»Ja, aber wie?«, entgegnete die Andere. Ihr rotbrauner Körper glänzte wie der ihrer Kameradin und war ebenso feucht und schleimig.

»Wir brauchen einen Plan! Alle müssen mitmachen! Wir werden sie überlisten, auch wenn sie viel größer sind als wir«, schlug die Erste vor.

Ihre Kameradin schüttelte skeptisch den Kopf. »Ich weiß nicht, sie sind auch noch in der Überzahl, bedenke das! Wie sollen wir die Wachtposten umgehen, die die Königin überall hat aufstellen lassen? Sie werden uns erstechen. Hast du nicht ihre spitzen langen Stachel gesehen?«

Endlich machten sie nahe einer Waldlichtung Halt. Der Schneckenkönig musste unbedingt rasten, er war erschöpft von der stundenlangen Wanderung. Die in ihrem Ursprung künstlichen Wesen zeigten jedoch keinerlei Ermüdungserscheinungen. Woher kam die ganze Energie, die sie so springen und schweben ließ? Niemals nahmen sie irgendwelche Nahrung zu sich. Wie lebendig waren sie wirklich? Waren es am Ende vielleicht doch nur irgendwelche Automaten oder Roboter, die sich wie programmiert bewegten? Oder wurden sie von etwas ferngesteuert? Unser Held konnte nicht glauben, dass diese sich aus eigener Kraft heraus bewegten, meistens schwebten sie in niedriger Höhe über der Erde. Konnten sie vielleicht auch fliegen wie die Vögel? War es richtig gewesen, dass er sich mit ihnen zusammengetan hatte?

Nein, er wollte sich nicht entmutigen lassen. Falls sich dieses Vorhaben als zu schwierig herausstellen sollte, konnte er sich immer noch auf und davon machen. Sie waren vorher ohne ihn ausgekommen, also würden sie es auch nun können. Er hatte ihnen gegenüber keinerlei Verpflichtungen. Da erinnerte er sich an das Versprechen, das er ihnen gemacht hatte. Und waren sie da nicht ohne Bedenken gleich mit ihm mitgegangen? Er würde ihren Wurm spielen, nur deswegen hatten sie sich mit ihm in die Fremde gewagt. Ja, er würde mit ihnen Regeln ausarbeiten und ihnen auch noch andere Verhaltensweisen näherbringen, die sie selbstständiger und logischer denken ließen.

Aufeinmal flog etwas in der Größe einer Tischtennisplatte daher, und alle gingen in Deckung, um diesem pfeilschnellen Geschoss auszuweichen. Das quadratische Ding war ein Spielbrett, das je 32 weiße und schwarze gleichgroße Felder aufwies. Abwechselnd waren diese auf der Spielfläche verteilt, so dass ein dunkles zu all seinen vier Seiten einen hellen Nachbar hatte und umgekehrt. Seine beiden Hälften sahen aus wie die Flügel eines sehr großen Vogels, die bald nach einem eifrigen Flattern innehielten, um langsam auf die Erde zu sinken. Dort blieb es regungslos und flach liegen. Kurz danach schwebten 5 Spielfiguren darauf zu, um sich auf irgendwelchen dunklen Feldern niederzulassen.

»Wir haben dich gleich! Mäh, Mäh, Mäh, Mäh!«

Ein weißer Wolf war auf der Flucht vor 4 schwarzen Schafen. Was war denn hier los? Eine ganz verkehrte Welt, die sich hier einem Betrachter darbot! Normalerweise kannte man so eine Situation doch anders herum. Da wurde sogar der müde Schneckenkönig wieder munter und staunte, wie diese vier flinken Gesellen ihr Opfer immer wieder in die Enge drängten, es schließlich so umkreisten, dass es keine Chance mehr zum Entkommen hatte.

Sie befanden sich anscheinend immer noch im Gebiet der Spiele.

Die »Verflixxten« kamen nach anfänglicher Scheu auf das wilde Treiben hinzu. Sie hatten eine angeborene Zurückhaltung gegenüber fremden Spielen. Doch das traf auf die meisten von ihnen zu, und so mieden sie den Kontakt mit anderen, zogen es vor, unter sich zu bleiben.

»Wir können uns noch immer als Arbeiterinnen bewerben! Wir sind kräftig! So können wir dem Fraßtod entkommen!«

»Ja, vielleicht hast du Recht! Ich möchte nicht so sterben, wie der Vorgänger, der Erste von uns! Wir werden schuften. Ja, lieber zu Tode schuften als gefressen zu werden.«

Sichtlich erfreut zeigte sich nach einer kurzen Zeit der Wolf. Er war Sieger, hatte er sich doch geschickt aus der Umzingelung der Schafherde herausschmuggeln können.

»Marsch, Marsch! Wir stellen uns nun auch alle auf!«, vernahm man es kurz darauf von einem der 6 Wächter.

»Oh, ja! Das ist eine gute Idee!«, fielen aufeinmal alle nacheinander ein.

»Du bist unser Wurm!«, klang es aus der Startkarte.

Ja, sie hatte sich auch einmal gemeldet, war richtig mutig geworden und bestimmt aufgetreten. Das beeindruckte die anderen ganz gewaltig.

»Ja, ja! Der Schneckenkönig ist unser Wurm. Da können wir mal wieder alle gemeinsam spielen!«, freute sich eine der grünen Spielfiguren.

Und schon lag die Zielkarte als Erste auf ihrer Position. Danach platzierten sich die roten und grünen Wege- und die weißen Glücksmarken. Nachdem die Wächter ihre Stellung eingenommen hatten, setzten sich die verschiedenfarbigen Figuren auf die Startkarte. Am Schluss blieb nur noch der Schneckenkönig übrig, der sich am Rande der Versammelten aufhielt. Was hatte er zu tun, was war seine Aufgabe? Auf ein Kommando wartend stand er im Abseits. Er wollte doch zu ihnen gehören, mit ihnen zusammen spielen. Nachdem er eine Weile unschlüssig herumgestanden war, beschloss er, sich einfach zu den 10 bunten Spielfiguren zu gesellen. Als sie merkten, dass er auf die Startkarte wollte, rückten sie alle ganz dicht zusammen, so dass sein praller schleimiger Körper ausreichend Platz fand.

»Der Würfel! Wo ist denn schon wieder der Würfel? Immer muss einer fehlen!«, ereiferte sich eine der Blauen.

»Er ist doch der Wichtigste bei uns! Ohne ihn können wir das ganze Spiel vergessen! Wenn eine von euch Wegemarken fehlen würde, wäre das ja nicht so schlimm. Das ginge auch so. Aber wer gibt uns denn die Anzahl der Schritte an, die wir zu machen haben?«, wollte eine gelbe ganz hochgewachsene Schlanke wissen.

Vor lauter Aufregung und Entzücken über das neue Wolf-Schaf-Spiel hatten sie nicht gemerkt, dass der Würfel sich gar nicht mehr bei ihnen befand.

»Wir sind hier alle wichtig! Wir Marken haben eine wichtige Funktion! Das will ich dir einmal zu verstehen geben! Kannst du mich überhaupt von hier oben richtig erkennen? Ich bin zwar eine negative Marke, die Minus-10, aber wenn ich Glück habe, werde ich noch viel größer als du es je werden kannst. Ich bin die Größte hier«, wandte sich die Verärgerte an die vorige Rednerin.

Wollte hier mal wieder ein altbekannter Streit ausbrechen? Sollte er sich einmischen? Schließlich war er doch jetzt ein anerkanntes Mitglied, ein Mitstreiter in diesem Spiel. Das ging doch nun auch ihn etwas an, auch wenn er vielleicht nur eine unbedeutende Rolle als Wurm innehatte.

Ganz in der Nähe spielte sich zur gleichen Zeit ein richtiges Drama ab, eines in dem es um Leben und Tod ging. In dem gummiartigen Geäst eines Polypenbaumes legten sich gerade die langen schweren Tentakeln eines Riesenspinnenoktopusses um den grazilen Körper eines Purpurschillerlings, eines Libellenartigen aus der Familie der Flatterlinge, mit der Absicht, ihn in Kürze genüsslich zu verspeisen. Das Insekt hatte offensichtlich nicht die geringste Chance. Wehrlos war es diesem Monster ausgeliefert. Es war ein sehr ungleicher Kampf, denn der kleine Stachel konnte gegen diese erdrückenden Fangarme recht wenig ausrichten. Es schien, dass dieser Riese mit seiner Beute noch etwas spielen wollte, er erregte sich an der Angst des Opfers. Diese Spannung erzeugte in ihm eine köstliche Vorfreude auf einen Leckerbissen.

»Wir müssen hier weg!«, meldete sich eine der Glücksmarken. »Ohne den Würfel sind wir verloren. Ich habe die Ahnung, dass das ein schlimmes Vorzeichen ist.«

»Wo sollen wir nun hingehen?«, wollte der Schneckenkönig wissen. Er fühlte sich etwas schuldig an der momentanen Situation, wären sie doch ohne ihn nicht in die unbekannte Fremde aufgebrochen.

»Was ist es, das du siehst?«, wendete sich die gelbe Große an die Seherin. Vergessen war der kurze Disput von vorhin, eine plötzliche nie gekannte Angst hatte sie nämlich überfallen. Gelähmt und zu keiner weiteren Äußerung mehr fähig, stand sie einfach nur abwartend da.

»Keine Panik!«, konnten nun alle eindeutig vernehmen. »Ich kann euch noch nichts darüber mitteilen, nur so viel, dass das keine gute Gegend hier ist. Meine Gedanken sind zur Zeit noch blockiert, ich bin noch nicht in der Lage, euch Genaueres darüber herüberzubringen. Ich bin selber und selten so ratlos!«

Hatte er da eben richtig vernommen? Sie wollten alle wieder zurück an ihren alten Platz? Wie in einem vielstimmigen Chor vernahm er ihre Bitten. Der Schneckenkönig überlegte, ob es nicht ratsamer wäre, einen anderen Weg zu wählen.

»Ja, wir gehen von hier fort!«, entschied er nun. »Nein, wir gehen nicht zurück. Wir wandern wo anders hin. Auf jeden Fall verlassen wir diesen Ort, der nichts Gutes zu verheißen scheint.«

»Es gibt nur noch den Weg durch das Gebiet der Killerpflanzen!«, bemerkte die Seherin. »Wir hätten gleich diesen Weg nehmen sollen. Dahinter sind wir auch außer Reichweite der Buntlinge, unserem geschwätzigen, im Westen gelegenen Nachbarvolk, das Fremde nicht gerne willkommen heißt. Im Osten hausen die Riesenameisen. Vor diesen grausamen Wesen sollten wir uns auch in Acht nehmen.«

»Wird es nicht schwierig werden, da durchzukommen?«, wollte der Schneckenkönig wissen. »Es ist ein sumpfiges Stück Erde, das sehr unwegsam für euch sein wird. Ich sehe zwar, dass ihr über der Erde schwebt, ich weiß nicht, ob ihr das auch mit euren Gedanken macht, aber wie lange werdet ihr das durchhalten können? Ich habe bemerkt, dass ihr immer mal wieder Kontakt mit dem Boden habt.«

»Du hast vollkommen Recht, Schneckenkönig«, entgegnete die rote 4. »Ich habe Bedenken, dass wir so viel Energie haben, um uns so lange in der Schwebe zu halten. Hat das einer von euch schon einmal geschafft? Bei solchen Versuchen, sind mir schon meine Beine eingeknickt, so dass ich einfach umgefallen bin.«

»Ihr habt Beine? Und vielleicht auch unsichtbare Arme?«, fragte der Schneckenkönig ganz erstaunt.

»Ich dachte, dass ihr das so wie bei der Verständigung miteinander macht, dass ihr nicht nur telepathisch kommuniziert, sondern euch auch durch Gedankenkraft fortbewegt!«

»Ja, wir haben tatsächlich Arme und Beine, die für andere unsichtbar sind. Nur wir untereinander können sie sehen. Andere Wesen können sie nicht wahrnehmen. Wir bewegen unsere Beine, so wie beim normalen Gehen und rudern mit unseren Armen, so können wir das Gleichgewicht halten. Unsere Füße befinden sich dabei meistens auch ein Stück über der Erde, das ist dann wie fliegen oder so ähnlich, wir haben ja keine Flügel. Anhand dieser Art von Fortbewegung können wir viel Energie sparen. Das ist einfach so. Hin und wieder laufen wir aber ganz normal, aber das kannst du nicht erkennen. Wie denn auch? Ja, und manchmal müssen wir unsere Beine und Füße ausruhen, um so wieder zu Kräften zu kommen.«

Das war eine ziemlich lange Rede für eine Wegemarke gewesen. Es schienen auch sehr intelligente Wesen zu sein, warum aber immer dieses sinnlose Streiten? Das konnte unser Bauchfüßer nicht verstehen.

Ich begreife!, dachte der Schneckenkönig. Er wusste, dass er nichts mehr sagen brauchte, so wie er das am Anfang aus Gewohnheit gemacht hatte, seine neuen Freunde verstanden ihn auch so. Manches Mal fragte er sich, wieviel sie denn von seinen Gedanken mitbekamen. Aber hatte er überhaupt etwas vor ihnen zu verbergen? Sollte er mit ihnen zurückgehen, einfach einen anderen Platz bei den Spielen suchen, musste er unbedingt durch das Gebiet der Insektivoren? Wo befanden sie sich überhaupt, wie weit reichte das Gebiet der Spiele? Außer den Schafen mit dem Wolf war ihnen nun seit geraumer Zeit kein anderes Spiel mehr begegnet.

Sie kehrten um. Wohin leitete sie die Seherin?

»Was für eine Schinderei!«
»Ja, ich bin so eine Tätigkeit auch nicht gewohnt.

Aber besser als nichts tun und nur fett zu werden! Wir wurden hier ja regelrecht gemästet! Jetzt habe ich fast schon wieder mein Normalgewicht!«

»Aber werden wir jemals so tüchtig werden, wie die langjährigen Arbeiterinnen? Wir sind Schnecken, Rote Wegeschnecken!«

»Wo wohl unser König ist?«

Nun sind wir aber schon sehr weit zurückgegangen. Müssten wir nicht schon wieder in der Nähe des alten Platzes sein?, fragte sich der Schneckenkönig. Mir ist hier alles sehr fremd. Wo sind die ganzen Spiele?

Was war das für eine eigenartige Landschaft, die sich nun hier auftat? Riesige Bäume mit langen Tentakeln, niederes Gehölz mit knollenartigen Auswüchsen auf trockener Erde. Zu trocken für unseren Bauchfüßer, der die wohlige Feuchte liebte. Trotz des wenigen Regens, der auf diese Erde fiel, wuchs hier eine üppige Flora. Waren dies auch Fleischfresser?

Und wo waren aufeinmal die »Verflixten?« Waren sie nicht gerade eben noch Seite an Seite mit ihm gewandert? Sie konnten doch nicht so plötzlich verschwunden sein. Hatten sie sich vielleicht in Luft aufgelöst? Waren sie blitzschnell davon geschwebt? Oder träumte er?

Gerade eben verschwand der letzte Bissen im Schlund des Monsters, um wenig später von dessen ätzenden Magensäften verdaut zu werden. Wohlig seufzend ließ es sich in einer der vielen Astgabeln des hochgewachsenen Baumes nieder. Nicht nur das wohlschmeckende Fleisch dieses Insekts, sondern auch das tödlich endende Spiel hatten ihm eine tiefe Befriedigung verschafft. Es war der König im Reich der Polypenbäume.

Die Fühler nach allen Seiten streckend kroch unser Held dahin. Da er nun alleine war und nicht mehr auf die anderen Rücksicht nehmen musste, überließ er seinem Bauchgefühl die Entscheidung zum nächsten Schritt. Sehnsucht stieg in ihm auf, als er eine herrliche Feuchtigkeit wahrnahm. Gedanken an seine frühere Behausung in seinem Reich, einem alten Brunnen, traten urplötzlich in sein Bewusstsein. »Aurelie! Ich komme!«, schrie er voller Leidenschaft. Da war wieder so ein kräftiger Energieschub, den er schon damals nach dem Besuch der Kannenpflanze gespürt hatte. Doch dieses Mal kam diese Kraft aus ihm selbst heraus, Geistesblitze trafen wie scharfe Schwerter sein Schneckenhirn.

»Komm!«, lockte ihn eine zarte verführerische Stimme. Und er folgte ihr!

Deine Bestimmung ist es, alleine weiter zu gehen, Schneckenkönig. Was geschehen ist und wird, das soll so sein! Wir sind alle nur winzige, aber sehr wichtige Zahnrädchen in einem großen Uhrwerk, die ineinandergreifen, um etwas Größeres in Gang zu halten. Ich sehe, das alles gut wird. Ich bin dankbar, für meine seherischen Gaben als Glücksmarke.

Immer höher kroch er hinauf, eine unsichtbare Macht hatte mal wieder Besitz von ihm ergriffen. Feiner Sprühnebel, der aus den unzähligen Mikro-Poren der wulstigen Tentakeln ausströmte, umfing ihn und umhüllte seinen Körper mit einem feuchten Film.

»Auf ein Unglück folgt Glück. Die Erlösung ist zum Greifen nahe. Wir müssen weiter, dürfen nicht stehenbleiben!«, mahnte die Seherin.

Ich muss weiter! Es ist diese Stimme, die mich drängt! Diese Pflanzen ... Dieser Saft ... ich kenne diesen

Geschmack. Er erinnert mich an diese Killerpflanze! Ah, was war das? Nein, nicht so schnell … Ich … ich … ich fliege …ja, ich fliege!

»Ich möchte euch eine Geschichte erzählen!«

Neugierig und gespannt scharten sich alle »Verflixxten« in einem dichten Kreis um die Glücksmarke – nur der Würfel war noch immer verschwunden.

Nachdem sie geendet hatte, trat eine kurze, fast andächtige Stille ein. Nach dieser kleinen Pause forderte sie ihre Kameraden zum Weitergang auf.

»Wir dürfen nicht mehr stehenbleiben, sonst sind wir und er und alles andere verloren. Dann wird es keine Zukunft mehr für uns geben, für keinen der Spiele. Das was ich euch erzählt habe, ist erst der Anfang, es liegt wirklich ein Fluch über dem Land. Süchtige Wesen diese Menschen, nie konnten sie genug bekommen. Unsere Spielregeln haben sie fortgebracht, diese Bosse. Die Menschen haben uns einfach stehengelassen, uns verlassen, sind geflüchtet vor den Massenmördern, den Profitgeiern! Ja, Massenmörder sind sie alle, die kleinen Abhängigen und die großen Mächtigen, die Bosse dieser Fabriken! Ja, wir dürfen uns nicht mehr unterkriegen lassen! Diese Opfer müssen ein für alle mal ein Ende haben! Ein allerletztes noch – und dann sind wir endlich alle erlöst!«

Ich fühle mich so unendlich fr … ei !!!, dachte unser Held, bevor er von einem der langen Wülste umschlungen wurde. Kurz darauf schwanden ihm die Sinne!

Gleich habe ich dich! Ja, jetzt bin ich mit meinen Gedanken bei dir!, freute sich die Glücksmarke. Wenn du mir vertraust, wirst du keinen Schmerz verspüren! Ja, so ist es gut. Wenn du dich nicht wehrst, wird alles schnell vorbei sein. Verflixt! Ich muss mich mehr konzentrieren! Nein, ich spüre seinen Schmerz. Er ist wieder zu sich gekommen. Neue Bilder tauchen so plötzlich auf. Er hat noch eine andere Mission zu erfüllen. Er ist der Schneckenkönig. Seine Untertanen brauchen ihn. Ich muss das Vorhaben abbrechen und ihn aus den Fängen dieser Riesenoktopusspinne befreien. Ich bin so unendlich froh, dass ich meine Entscheidung revidiert habe. Wir müssen ihn alleine weiterziehen lassen und unser Schicksal auf uns nehmen und alleine tragen. Ich werde alle Gedanken und Erinnerungen an uns, in seinem Gehirn löschen. Sein Volk wartet!

Ich träumte, ich sei tot. Was für ein Glück, dass ich doch noch lebe! Wie Soldaten kamen sie aufeinmal anmarschiert, wollten mich mit ihren Schwertern zweiteilen, stattdessen haben sie sich gegenseitig massakriert und umgebracht! Aber ich habe noch andere Wesen gesehen außer diesen Monstern, sie hatten rotbraune Leiber: Das waren meine Untertanen. Ich muss ihnen zu Hilfe eilen, sie schweben in großer Gefahr! Sie brauchen ihren König. Ich fühle mich wieder stark und kräftig. Woher kommt diese gewaltige Energie in mir? Das müssen diese Pflanzen sein. Sie sind zwar grausam, schenken mir aber dennoch solche Kraft ... Ja, als ich damals diesen Schlauch der Killerpflanze verlassen hatte, spürte ich sie zum ersten Mal in mir. Bei diesen Gedanken flossen unserem Helden mal wieder ein paar kleine Tränen, doch schon bald hatte er sich wieder in seiner Gewalt. Es war doch nur eine Spielkarte gewesen, tröstete er sich, kein wirklich lebendiges Geschöpf. Aber mein Volk muss gerettet werden. Ich werde ihm zu Hilfe eilen, so schnell mein Fuß mich trägt.

Ihre Anführerin überragte die schon übergroßen Untergebenen um das Zweifache an Größe und Gewicht. Sie war nicht nur eine sehr stattliche, sondern auch eine recht furchteinflößende Erscheinung. Ein stabiler Schutzpanzer umschloss ihren kräftigen Insektenkörper. Die langen Fühler maßen die lange Reihe ihrer Soldatinnen, die sich vor ihr im respektvollen und gebührenden Abstand aufgebaut hatten, sie fixierten jeden Einzelnen ihrer starken Elite-Truppe. Im Befehlston schickte sie die etwa 2 Dutzend Streitkräfte aus, alle verfügbaren Lebewesen für den großen Kampf vorzubereiten.

Helle Aufregung machte sich bei den Gefangenen breit. Doch einige von ihnen sahen diese bevorstehende Schlacht als Chance zur Flucht. Zu lange lebten sie schon eingesperrt in der Gemeinschaft der Riesenameisen.

Nichts Gutes liegt in der Luft. Meine Fühler haben sich noch nie geirrt. Sie nehmen die Ruhe vor dem Sturm wahr. Es herrscht eine gespannte Stille – nicht mehr lange, und dann werden sie kommen – die Anderen! Mein Volk wird ihnen schutzlos ausgeliefert sein. Sie werden dieses Duell nicht heillos überstehen. Ich muss sie aus dieser Sklaverei befreien, dachte der Schneckenkönig.

Die gefährlichsten und größten Feinde der Ameisen sind andere Ameisen. Sehr oft wird eine Kolonie der gleichen Art überfallen. Wie ihre Gegner besaßen sie außer den bemerkenswert langen Fühlern auch andere für diese Riesenameisenart charakteristischsten Merkmale, die aufgrund ihr messerscharfen Kauwerkzeuge auch als Säbelzahnameise bezeichnet wurde. Ihre Vorbereitungen für den Todeskampf, in dem es um nichts anderes als die Beanspruchung eines begehrten Territoriums ging, waren auch mittlerweile in vollem Gange.

»Er lässt uns nicht im Stich. Er wird kommen!«

»Wie kannst du so sicher sein, dass er uns beistehen wird? Er weiß doch gar nicht, wo wir uns befinden.«

»Ich hatte einen wundervollen Traum.«

»Einen Traum?«

»Ja, viele Tote und Verwundete lagen auf dem großen Schlachtfeld verteilt ...«

»So werden wir doch sterben? Was ist daran so wundervoll?«

»Wir werden für immer mit ihm vereint sein! Er ist unser König!«

Der Traum der Roten Wegschnecke hatte sich bewahrheitet. Die Fühler des Schneckenkönigs, die ihn wieder mal nicht getäuscht hatten, leiteten ihn auf dem richtigen Weg zu seinen Untertanen. Schon bald würde er wieder mit Seinesgleichen vereint sein. Das anfängliche Glück wich einer schieren Fassungslosigkeit, als er sah, wie diese unter strenger Aufsicht mehrerer Wärter schuften mussten. So etwas hatte es in seinem Reich nicht gegeben. Hier nahm er nur Angst und Unbehagen statt Freude und Zufriedenheit wahr. Mit ihren dünnen kurzen Ärmchen sollten sie dasselbe Tagespensum verrichten wie ihre Mitarbeiterinnen, die Riesenameisen, die mit langen kräftigen Vordergliedmaßen ausgestattet waren. Auch was ihre Körpergröße betraf, standen sie weit hinter dieser Insektenart. Hunderte von Ameisen und fast ebenso viele Schnecken waren mit dem Bau eines riesigen Lehmhügels beschäftigt, der eigentlich schon ziemlich groß und hoch war und ganz fertig aussah oder trugen zurechtgeschnittene Blätter und frischgelegte Kadaver in dessen Inneres, welches mit unendlich vielen weitverzweigten Gängen einem ausweglosem Labyrinth glich, das sich weit in die Erde hinein verzweigte. Ein ausgeklügeltes Höhlensystem, das hier von emsigen Lebewesen erschaffen worden war.

Wie lange sie wohl schon hier sind?, fragte sich der Schneckenkönig. Wie sind sie in deren Gefangenschaft geraten? Ich hätte doch damals mit ihnen mitgehen sollen. Seitdem ist soviel passiert, dass ich gar nicht recht weiß, wie lange das schon her ist. Es kommt mir wie eine Ewigkeit vor, aber wahrscheinlich sind es erst ein paar Monate oder sogar nur Wochen. Wie kann ich mich ihnen nähern? Hier scheint alles sehr streng bewacht zu sein. Überall stehen Riesenameisen, an denen ich erst einmal vorbeikommen muss.

Tief im Innern des Baus waren andere Tätigkeiten im Gange, die aber mindestens genauso viel Disziplin und Strenge benötigten wie außerhalb. Nein, sie waren nicht minder schwer. Sie erforderten auch Ausdauer und Kraft und vor allen Dingen Zielgenauigkeit. In mehreren Höhlen wurden nämlich schon seit ein paar Tagen neue Rekruten für die große Schlacht ausgebildet. Es war ein hartes Training für die Neulinge, die noch nie einen Krieg erlebt und immer nur in Frieden gelebt hatten.

Sähe dies unser Held, würde er sicher bitterlich weinen über diese Quälerei, deren einziges Ziel das Töten anderer Kreaturen war. Die knappen, aber harten Anweisungen der Ausbilder hallten von den hohen Decken wider, drangen aber dennoch nicht nach außen. Die Nacktschnecken wurden mit Gehirnwäsche gefügig gemacht. Wer dennoch murrte, wurde auf der Stelle von dem Ausbilder erstochen. Ihnen alle wurde eingetrichtert, dass diese Schlacht etwas Gutes und Schönes sei.

Sie bauten mittlerweile nur noch zum Schein, denn großartiger konnte dieses Gebäude gar nicht mehr werden. Dieses Tun ließ auf einen ganz normalen Arbeitsalltag schließen. Die Arbeiterinnen hatten zu funktionieren. Was sie taten, war ihnen schon seit langem egal. Sie waren nichts anderes als Sklaven. Und auch die Roten Wegschnecken waren mittlerweile alle zu irgendwelchen Arbeiten eingeteilt, nachdem einer der Aufseher gemerkt hatte, dass sie nicht nur als Mastvieh taugten. Außerdem schleppten die Arbeiterinnen in der letzten Zeit immer genügend Vorrat an abwechslungsreicher und leckerer frischer Nahrung heran, so dass sie auf die ihnen bis vor kurzem noch unbekannten Lebewesen als weitere Kost gut und gerne verzichten konnten.

Schon einmal wäre eine Fehde zwischen den beiden verfeindeten Kolonien fast zu einem Blutbad ausgeartet, wären diese Konkurrenten nicht schon nach kurzer Zeit von einem verheerenden Unwetter überrascht worden, das ihnen ihre wohldurchdachten Pläne im Nu durchkreuzt hatte. Nichts war wichtiger gewesen als einen schützenden Unterschlupf zu finden, sowie der rasche Aufbau ihrer zerstörten Behausungen.

Das Wetter schlug hier nämlich sehr oft Kapriolen. Und hin und wieder wurde das Gebiet von wahren Wassermassen überflutet, nachdem es oft wochenlang keinen Tropfen geregnet hatte.

Endlich war es soweit. Die Königin, die sich schon seit Tagen in ihrer prächtig ausgestatteten, tief unter der Erde liegenden Höhle verschanzt hatte, gab nun endlich den Startschuss für den Angriff auf die nur einen Tagesmarsch entfernte fremde Kolonie. Aber auch diese hatte natürlich nicht geschlafen wie wir wissen.

Alle Schnecken gaben ganz entzückende Krieger ab und sahen in ihrer Rüstung, die aus der eisenhaltigen Rinde des Eisenbaumes gefertigt war und die fast den ganzen Körper umschloss, richtig schmuck aus. Nur die Fühler schauten heraus, und es befand sich auch eine kleine Öffnung im hinteren Bereich des Fußes zum Abschießen der Pfeile, die eigentlich Liebespfeile sind und bei dem Vorspiel einer Begattung eine wichtige Rolle spielen. Doch es hatte sich gezeigt, dass sie auch im Kampf von gutem Nutzen sind.

Als der Schneckenkönig sah, wie der Trupp der Fremden einmarschierte, wusste er, dass es natürlich nur eine raffinierte Taktik der Riesenameisen und der Schnecken war, sich nicht gleich zu zeigen, als hätten sie schon auf sie gewartet, sondern erst einmal in ihrem Bau abzuwarten. So konnten die Feinde sich in dem Glauben an einen Überraschungsüberfall wiegen, wobei sie sicher ihre Gegner völlig wehr- und schutzlos vermuteten. In Wirklichkeit wussten sie schon ziemlich lange über den genauen Zeitpunkt des Angriffes Bescheid, denn Ameisen sind nicht wirklich immer so fleißig, wie wir denken. Oft hocken sie ganz faul auf der Erde und ruhen sich aus. Aber diese Faulheit birgt den Vorteil, kaum wahrgenommen zu werden, denn die Riesenameisen sehen ganz schlecht mit ihren kleinen Augen. Jede Kolonie besitzt ihren eigenen speziellen Duft, der aber in Ruhestellung fast zum Erliegen kommt. Und so hatten sich schon öfters Späher in die Nähe fremder Gemeinschaften gewagt und anhand ihrer sensiblen Fühler allerlei Neuigkeiten auskundschaften können.

Langsam kroch der Schneckenkönig aus seinem Versteck, in dem er zuvor geduldig verharrt hatte, hervor. Er würde sich auch ohne Rüstung und Kampfwerkzeuge in das Getümmel stürzen und mitkämpfen. Hatte er bisher nicht immer Glück bei seinen Abenteuern gehabt? War er nicht dieser mörderischen Venusfliegenfalle glimpflich entkommen und auch dieser Riesenoktopusspinne, in deren Klauen er sich schon im Todeskampf gewunden hatte?

Das Erlebnis mit dieser riesigen Spinnenart war ihm nur noch verschwommen im Gedächtnis. Er wusste nicht einmal mehr, wie ihm dabei zu Mute gewesen war. Hatte er Angst verspürt? Die Erinnerung an diese Stimme kam ihm aufeinmal in den Sinn. Etwas war in ihm gewesen, hatte von ihm Besitz ergriffen. Er hatte eine vollkommene Ruhe in sich gespürt, doch war da auch noch dieser kurze heftige Schmerz, und kurz darauf hatte er sich wieder auf festem Boden auf der Erde wiedergefunden.

Und so waren die Angreifer überrascht. Mit so einem Aufgebot an Streitkräften, das aufeinmal aus diesem Lehmbau strömte, hatten sie wahrhaftig nicht gerechnet. Sie hatten überhaupt nicht daran gedacht, diese in kompletter Kriegsausstattung vorzufinden, die in nichts der anderen Partei nachstand. Die Rüstungen glänzten in einem silbrigen Schwarz in der Mittagssonne.

»Attacke!«, rief die Oberste der fremden Eindringlinge. Sie war eine von der wortkargen Sorte. Doch ihre knappen und bestimmten Befehle wurde immer sofort angenommen und ausgeführt.

»Attacke!«, brüllte die höchste Befehlshaberin der Gegenseite. »Wir machen sie nieder!«

Ach je! Das kann ja heiter werden, dachte der Schneckenkönig. Uups! Ich spüre schon wieder diese Energie!

Kann es sein, dass dieser Super-Saft immer noch in mir ist? Wie lange er wohl vorhalten mag? Oh, ist es denn schon so weit? Ich wollte noch etwas warten, mich nicht sofort in das Getümmel stürzen. Ha!

»Was ist denn das?«

»Er ist es! Ich habe es gewusst! Habe ich es euch nicht gesagt?«

»Ja, ja! Der Flitzer! Der Turbo-Flitzer! Er ist es wirklich! Er wird alle niedermähen, nicht nur die anderen! Er hat einen mächtigen Zahn drauf! Wie hat er uns gefunden?«

»Wir müssen kämpfen!«

»Er wirkt so stark und mutig und tapfer. Ach, ich liebe ihn, habe schon immer für ihn geschwärmt!

Und wenn ich sterbe …, wenigstens jetzt will ich den Mut haben, ihm das erste und vielleicht auch ein letztes Mal zuzuzwinkern. Ich hoffe, dass er es sieht!«

Er hatte wirklich einen irren Zahn drauf unser Held und musste aufpassen, dass er nicht seine eigenen Untertanen umnietete. Eifrig schoss er seine Liebespfeile in das Getümmel. Jeder Schuss musste möglichst ein tödlicher Treffer sein, denn irgendwann würde der Vorrat sicher erschöpft sein! Aber was war das gerade gewesen! Trotz seiner rasanten Fahrt hatten ihn seine Fühler mal wieder nicht getäuscht: Das war ein echtes und aufrichtiges Augenzwinkern gewesen, das er eben von einem seiner Untertanen wahrgenommen hatte. Er verlangsamte sein Tempo und hielt auf den Betreffenden zu, um diesen mit einer ebensolchen Geste zu beglücken. Danach zielte er – und hoffte, die richtige Stelle erwischt zu haben, die Öffnung in der Rüstung! Und schon hatten sie die beiden wieder aus den Augen verloren.

Mittlerweile lagen schon etliche Tote und Verwundete beider Seiten auf dem riesigen Schlachtfeld verteilt. Unbarmherzig brannten die heißen Strahlen der Sonne auf sie nieder. Doch sie kämpften alle tapfer und entschlossen weiter, jeder Einzelne den Sieg vor Augen.

Schnell zog sie ihre Fühler ein. Doch schon bohrten sich die säbelartigen Mundwerkzeuge des Feindes in ihre Rüstung, verhakten sich und stachen wie wild auf das wehrlose Opfer ein. Hatten sie überhaupt eine Chance, diese Schnecken, diese Weichtiere? Waren sie nicht schon von vorneherein zum Scheitern verurteilt mit ihren nackten Körpern, die zwar von einem festen Eisenpanzer umschlossen waren, welcher aber mit einem kräftigen Biss von diesen Rieseninsekten unschwer zu knacken war. Außerdem überragten die Ameisen die Schnecken um einiges. Ein gezieltes Zupacken, und schon waren sie erledigt.

Die Riesenameisen waren doppelt geschützt. Sie hatten eine Rüstung und ihren natürlichen festen und harten Insektenkörper, der nicht so leicht verletzbar war wie der einer Schnecke.

Das Blut, der bis fast zur Unkenntlichkeit zerstückelten Leiber, das als große Lachen auf der staubigen Erde lag, hatte schon eine Kruste gebildet, die brutale, tagelange Schlacht hinterließ nur wenige Überlebende.

Ein kleiner Trupp marschierte über die von der Trockenheit aufgerissene Erde. Riesige Furchen, die den Betrachter an eine schon langanhaltende Dürre glauben ließen, klafften aus dem Boden. Und so war es auch! Je weiter dieses erbarmungslose Gemetzel fortgeschritten war, um so heißer hatte die Sonne gebrannt, hatte fast alles Lebendige ausgedörrt. Nur tief in ihrem inneren

Schoß und gut geschützt barg Mutter Erde einen Vorrat an lebensspendenden Samen, die sie in besseren Zeiten aufkeimen lassen würde.

Waren die vier Ameisen des erschöpftwirkenden Grüppchens Stunden zuvor noch schweigsam und dumpf dahingetrottet, so hatten alle doch nach einiger Zeit wieder zu sprechen angefangen.

»Nun sind wir weit genug entfernt von den anderen, so dass wir keine Gefahr mehr zu befürchten haben. Es scheint, dass es keiner von ihnen überlebt hat, auch nicht diese komischen Kreaturen. Die hatten ja sowieso keine Chance gegen uns,« sprach die eine.

»Ja, auch wenn wir fast alle von unseren Soldaten verloren haben, wird sie sich freuen, wenn sie diesen fetten Brocken überreicht bekommt. Seht einmal, solch ein gutes Frischfleisch wie dieses hier wird sie vielleicht vorerst lange nicht bekommen, einen ganz schönen Kampf hat der abgeliefert, er scheint sogar immer noch zu leben, nach all diesen Strapazen ...!«, entgegnete eine andere und zeigte dabei auf das gutverpackte Bündel Etwas, welches sie abwechselnd jede alleine oder auch zu zweit entweder auf dem Rücken oder in ihren Armen den weiten Marsch nach Hause trugen.

»Ja!«, sagte daraufhin die Dritte, »sie wird sicher schon krank vor Sorge sein. So kennen wir doch unsere Königin: Immer darauf bedacht, dass es uns allen gutgeht, so dass wir sie ausreichend umhegen und pflegen können, obwohl für diese Aufgabe natürlich in erster Linie ihre Arbeiterinnen zuständig sind.«

»Oh, ich glaube, er lebt wirklich noch! In meinen Armen hat es gerade gezappelt. Die Wirkung der Säure, die wir ihm zur Betäubung eingespritzt haben, wird so langsam nachlassen«, rief die Vierte. »Ganz frisch hat sie es doch am allerliebsten unsere Königin! Wir müssen uns beeilen, bevor er ganz aufwacht und sich womöglich noch befreit! Aber daran kann ich nicht glauben, so fest wie er verschnürt ist. Das ginge schon nicht mit rechten Dingen zu, wenn es wirklich so weit käme. Nein, der hier ist auch erledigt!«

Zwei der unzähligen Arbeiterinnen nahmen das zappelnde Paket in Empfang, um es in das Innere des Palastes zu bringen. Sie unterhielten sich leise miteinander, staunten und fühlten sich auch zutiefst geehrt, dass sie dazu auserwählt worden waren, diese fette Beute ihrer Majestät zu überreichen.

Der Fortbestand der Riesen-Säbelzahnameisen war wieder einmal gesichert. Das Fleisch der Roten Wegschnecken und gerade ein solch frisches Riesenexemplar, würden der Königin für die nächste Zeit genügend Nährstoffe für die neue Eierproduktion liefern, aus denen nach einiger Zeit Larven schlüpfen, die dann zu Puppen und danach zu erwachsenen Individuen werden würden.

Unzählige Zahnrädchen im Weltengang, keiner konnte dem vorbestimmten Schicksal entrinnen, auch nicht unser Held.

Dichte nebelähnliche Feuchtigkeit umwabert Alexis Walhalla, die alles ringsum in eine Art Blau taucht. Es ist weder Tag noch Nacht wie einst auf der Erde. Es gibt hier keine messbaren Tageszeiten. Hier ist überhaupt keine Zeit vorhanden, d. h. es herrscht nur die Ewigkeit.

Es gibt hier keine Menschen-, keine Tier- und keine Pflanzenkörper, auch keine stofflichen Dinge, sondern nur deren Seelen. Hier an diesem Ort sind sie alle vereint, alle, die einmal auf dem Planeten Erde gelebt hatten, der schon vor vielen Generationen untergegangen war. Die Riesensäbelzahnameise war die letzte lebende Art gewesen, die zum Schluss, als gar nichts mehr an Nahrung vorzufinden war, Kannibalismus betrieben hatte, bis der letzte von ihnen ausgerottet war.

Gewaltige Energien breiten sich aus, doch gibt es hier keine Lust und Leidenschaft, wie wir sie aus Erdenzeiten kannten, keinen Hass und keine Liebe, überhaupt keine Gefühle dieser Art, sondern etwas Höheres, viel Intensiveres, zu hoch für unser Menschenhirn, weil dieses Etwas mit keiner Vernunft, keinem Verstand zu begreifen ist. Es ist uns unverständlich, erscheint uns aber nicht als unvernünftig, sondern von jeglichem rationellen Denken und dem Verstand befreit. Und deswegen ist es hier so grenzenlos wunderbar. Es ist keiner da, der nach dem Gestern oder nach dem nächsten Tag fragt, nach einem Vor und einem Danach, kein Vorwärtsstreben, aber auch kein Stillstand. Die Zeiten der festen Materie sind vorüber. Vielleicht ist diese »Ewigkeit« nur ein längeres Zwischenspiel, ein Intermezzo, eine Übergangsphase, deren Ende nicht abzusehen ist, für neues stoffliches Leben. Wer kann das wissen?

Ziellos und in Gedanken versunken wanderte der Geist des Schneckenkönigs umher. Wie schon so oft, hatte er mal wieder geträumt.

Er war tot, doch seine Seele hatte noch keinen rechten Frieden finden können. Er hoffte, dass sich seine Zukunftsvisionen von einem Ort der Wiedervereinigung mit seinen Untertanen irgendwann erfüllen würden. Was er in seinen Träumen gesehen hatte, war in Wirklichkeit schon da, nur unendlich weit entfernt in einem anderen Raum, einer anderen Zeit. Er hatte die Zukunft gesehen, die sich irgendwo schon an einem fernen Ort in dem Moment als Gegenwart abspielte.

Schon zu Lebzeiten hatte er den Regen, die Nässe geliebt. Kühn schoss sein Geist in den riesigen Körper eines Pottwals, der plötzlich inmitten eines gewaltigen Ozeans auftauchte und dabei eine meterhohe Wasserfontäne in Richtung Himmel versprühte. Er spürte die unbändige Kraft des Meeressäugers, die kraftvolle Energie, mit der dieser das nasse Element durchpeitschte und dabei mit seinem weitgeöffneten Maul kleinere und größere Fische und auch schon einmal einen kleinen Tümmler schnappte. Er schwamm als Tümmler mit anderen dieser Art um die Wette, er war in Gesellschaft, doch seine Seele fühlte sich einsam. Er traf Menschen, ja, er hatte sie wirklich angetroffen, war in sie hineingeschlüpft, doch was er gesehen hatte, hatte ihn sehr traurig gemacht. Wie waren sie so plötzlich aufgetaucht, diese Geschöpfe, noch nie war er ihnen zuvor, als er noch am Leben gewesen war, begegnet.

Er befand sich in einer Art Zwischenwelt, dem Reich Fantasia. Hier existierten alle die Geschöpfe, die der Geist des Schneckenkönigs sich ausdachte. Hatte er da nicht auch die Kraft, sich seine verstorbenen Untertanen herbeizuwünschen? Nein, er konnte sich nur lebendige Wesen »herbeizaubern« und in deren Körper und Gestalt schlüpfen oder solche, die noch nie real existiert hatten, sondern nur in seiner Fantasie, wie z.B. den Pommesstreichler, verstorbene Seelen, schloss seine Vorstellungskraft aus. Was einmal tot ist, konnte er nicht wieder zum Leben erwecken. Also musste es irgendwo noch Menschen geben. Doch wo hatten sie sich versteckt?

Allzu einsam fühlte er sich doch wohl nicht, denn oft lachte er über seinen Pommesstreichler. Das Wort klang so lustig. Er war einfach nur glücklich, wenn er an ihn dachte. Eigentlich war es ihm auch ganz egal, wer oder was dieser Pommesstreichler war. Er hatte sich ihn erschaffen, und fortan würde dies sein steter Begleiter sein.

Wieder, wie schon ein paar Mal zuvor, nahm er diese Stimmung wahr, es war eine Stimme, die keine Worte aussprach, sondern eine leise, aber eindringliche Strömung. Auch wenn er körperlos und seiner wertvollen Fühler beraubt war, konnten sich die Energien Nichtverstorbener mit seiner Energie, mit seiner Seele, verbinden. Feine Schwingungen erreichten und verbanden sich mit ihm, die ihm deutlich machten, dass er noch eine wichtige Mission zu erfüllen hatte, erst dann würde seine ruhelose Seele ewigen Frieden finden.

Ich empfange positive Wellen. Das ist ein gutes Zeichen. Nicht nur, dass meine Nachricht angekommen, sondern auch aufgenommen wurde und gleich ausgeführt wird. Ich muss meine Kameraden darüber informieren. Alles wird sich zum Guten wenden. Die lange Warterei wird nun bald ein Ende haben. Was sind stoffliche Körper? Nichts! Unsere Seelen werden alle vereint werden, die der Menschen, der Tiere und der Pflanzen. Reine und klare Energie – und sonst nichts! Alexis Wallhalla, die letzte Ruhestätte der erschöpften Kämpfer, Krieger und Streiter. Ewiger Friede – und nur die Naturgesetze – haben dort ihre Gültigkeit! Ich werde keine achteckige Glücksmarke mehr sein, nein, sondern nur noch Energie!«

Immer häufiger fühlte sich unser Held nun seinem Pommesstreichler nahe. Und irgendwann war es dann so weit. Alles andere war nicht mehr wichtig. Es gab kein Nichtwissen mehr, kein Streben nach mehr. Gewaltige Explosionen ließen die Erde erschüttern, aufbrechen, die Formen und Hüllen der lebenden Körper wie Luftballone platzen. Ein gewaltiger Urknall unzähliger ehemals eingesperrter und unter Kontrolle gehaltener Energien, die nun im freien Raum umherschwebten und eins wurden!

Die PFADWELTEN von Rainar Nitzsche

Spannende Fantasy der besonderen Art, Biofantasy, in der sich ein Menschenmagier, seine erste große Liebe und ein Massaimädchen namens Moyo sowie ein Wesen aus einer fernen Welt in Tiere und Pflanzen verwandeln. Begleiten wir unsere Helden auf ihren Reisen durch Raum und Zeit. Manfred erhebt sich in Kaiserslautern eines nachts in die Lüfte und folgt so einem Band aus Licht, seinem Leuchtenden Pfad. Nun besitzt er magische Kräfte, wird nie mehr krank und macht sich ganz ohne Zauberstab und Zaubersprüche, doch mit einem Schwert bewaffnet, das immer nur erscheint, wenn es gebraucht wird, auf die Suche nach seiner großen Liebe Nairra. Dabei gelangt er immer weiter nach Osten, durchquert Wälder, Sümpfe, Steppen und Wüsten und auch Meere, bis er die höchsten Berge im Himalaya erreicht. Auf seiner Reise trifft er nicht nur auf Fabelwesen, wie eine Drachin, Kichernde Zwerge und Schattenwesen, sowie auf Höllenhunde, sondern auch auf Tiere unserer Zeit, wie Vampirfledermäuse, Adler und Wölfe. Ihm zur Seite stehen für eine kurze Zeit die bekanntesten Schwertkämpfer Japans. Die Frage aller Fragen aber lautet: Wird er seine erste große Liebe finden? Manfreds großer Gegenspieler ist ER, ein schwarzes Wesen aus einem Universum namens T-Her. ER ist der männliche Ableger von ES, das in den Tiefen des Ozeans lebt. Vor 65 Millionen Jahren ging es mit dem großen Meteoriten auf die Erde, der das Ende der Dinosaurier einleitete. ER scheint allmächtig zu sein, griff vor 2,5 Millionen Jahren in den Verlauf der Menschheitsgeschichte ein und nimmt Manfred so manche Freunde, bis es in Tibet zum Showdown mit Manfred.

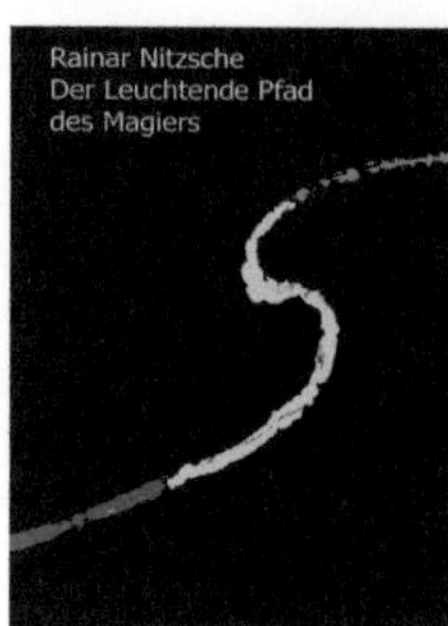

PFAD 1: Rainar Nitzsche: *Der Leuchtende Pfad des Magiers.*
Erste Auflage: 200 handsignierte, nummerierte Exemplare. 180 Seiten,
ISBN 978-3-930304-03-5
E-Book: ISBN 978-3-7380-3245-1

PFAD 2: Rainar Nitzsche: *Wandlungen der Drei.*

Erste Auflage: 50 nummerierte, handsignierte Exemplare. 194 Seiten,
ISBN 978-3-930304-13-4
E-Book: ISBN 978-3-7380-3449-3

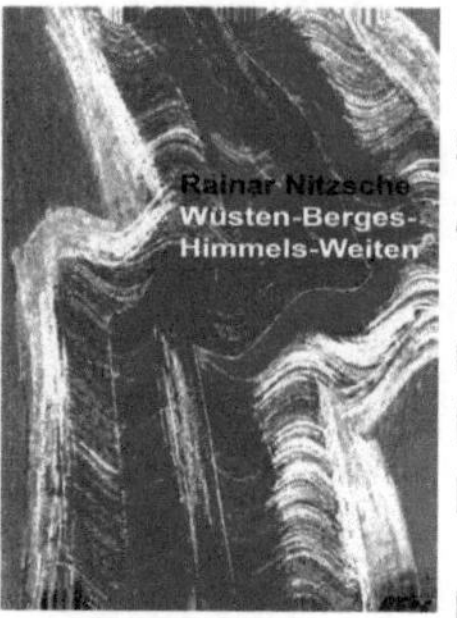

PFAD 3: Rainar Nitzsche: *Wüsten-Berges-Himmels-Weiten*.
Erste Auflage: 50 nummerierte, handsignierte Exemplare. 180 Seiten,
ISBN 978-3-930304-17-2
E-Book: ISBN 978-3-7380-3471-4

PFAD 4: Rainar Nitzsche: *Ins All - Im Eins*.
Erste Auflage: 50 nummerierte, handsignierte Exemplare. 208 Seiten,
ISBN 978-3-930304-14-1
E-Book: ISBN 978-3-7380-3529-2

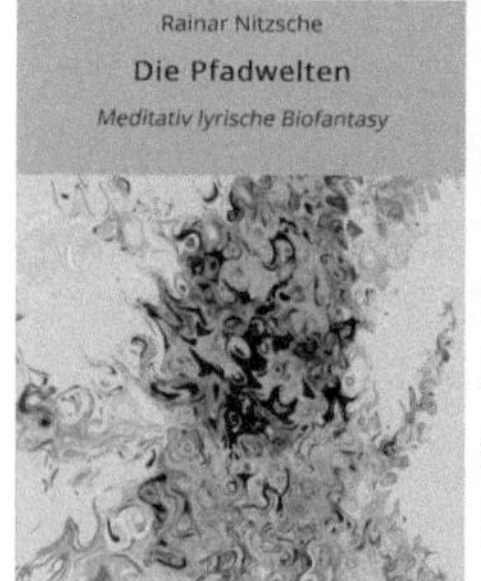

Rainar Nitzsche: *Die Pfadwelten*.
Sammelband aller vier PFAD-Romane als E-Book: ISBN 978-3-7380-5012-7

Die Pfadwelten von Rainar Nitzsche

Eine Reise durch sieben irdische Bioregionen und durchs Universum. Hier folgt ein Überblick über die »Welten« in den vier Titeln, die Manfred der Magier durchreist:

Der Leuchtende Pfad des Magiers

1 STADT
2 WALD

Wandlungen der Drei

3 NEBELLAND
4 GRÄSERNE MEERE
5 WASSERWELTEN

Wüsten-Berges-Himmels-Weiten

6 WÜSTENWEITE
7 BERGE IN DEN HIMMEL

Ins All - Im Eins
8 WELTEN ÜBER WELTEN